KB113774

불사의 테스터

불사의 테스터 7

기로 퓨전 판타지 소설

초판 1쇄 찍은 날 § 2017년 5월 17일
초판 1쇄 펴낸 날 § 2017년 5월 24일

지은이 § 기로
펴낸이 § 서경석

편집책임 § 김슬기

펴낸곳 § 도서출판 청어람
등록번호 § 제387-1999-000006호
등록일자 § 1999. 5. 31
어람번호 § 제1-2696호

주소 § 경기도 부천시 부일로 483번길 40 서경B/D 3F (우) 14640
전화 § 032-656-4452 팩스 § 032-656-4453
http://www.chungeoram.com
E-mail § chungeorambook@daum.net

ISBN 979-11-04-91330-3 04810
ISBN 979-11-04-91108-8 (세트)

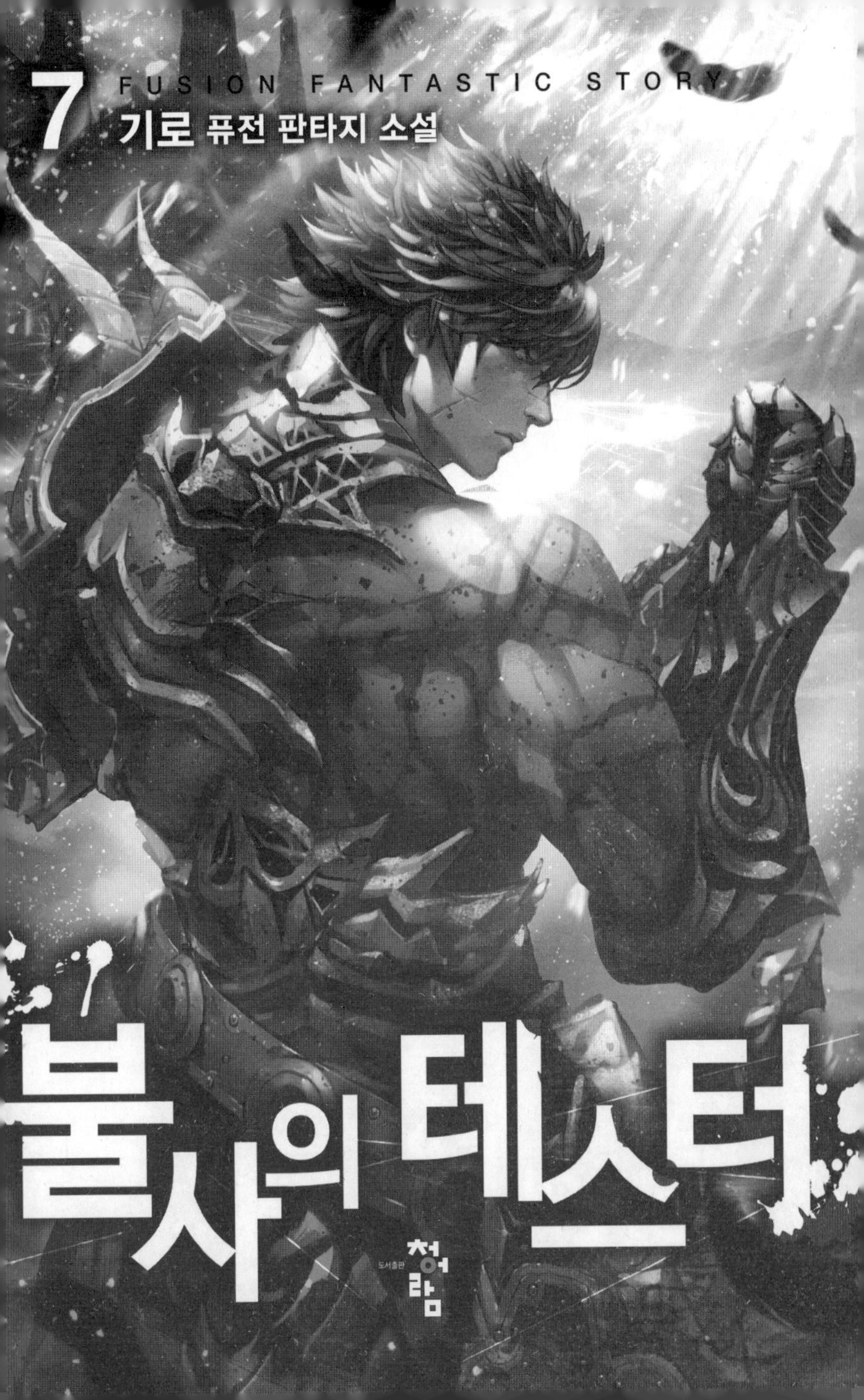
7
FUSION FANTASTIC STORY
기로 퓨전 판타지 소설
불사의 테스터
도서출판 청어람

불사의 테스터

CONTENTS

제1장
선교단 II

"놈들이 도망가지 못하게 잡아!"

"한 놈도 빠져나가게 해서는 안 된다! 지원 병력을 불러오면 골치 아파져!"

"죽어라! 이 광신도 놈들!"

치호가 주변 상황을 파악하기 위해 주변을 살피는 순간에도 상황은 긴박하게 흘러갔다. 애초에 적이 아니라고 생각한 이들이 돌변해 일행을 공격하는 것이었기에 선교단 이들도 속수무책으로 당하는 것 같았다.

페오가 재빨리 전열을 가다듬어 저항했지만, 그것도 쉽지는 않아 보였다. 곳곳에 숨어 있던 여신 교단의 신도들이 전투의 시작과 동시에 선교단의 주요 인물들을 집중적으로 타격했기 때문이다.

치호는 대진과 일행을 챙기며 슬며시 전장의 중심에서 빠져나오려고 했지만 쉽지만은 않았다. 아무리 응대하지 않고 빠져나가려고 해도 무차별적으로 공격이 들어왔기 때문이다.

"크윽! 이노옴! 네놈들도 여신 교단의 끄나풀인 거냐?!"

"저놈들이 빠져나간다! 조져!"

"호의를 이용하다니… 용서받지 못할 녀석들!"

"아니야! 우린 여신 교단의 끄나풀 같은 게 아니라고! 공격하지 마, 이 멍청이들아!"

선교단들이 여신 교단 측 병력이라고 오해하여 공격하는 이들도 있어 대진이 열심히 변명해 보았지만 통하지 않았다. 게다가 여신 교단의 공격도 피할 수가 없었다.

"광신도의 홀림에 넘어간 녀석들이다! 저 녀석들도 모조리 죽여 버려!"

"언제 적으로 만날지 모르니 이 기회에 모조리 끝내 버려!"

"여신 교단의 인물을 제외한 나머지를 처리하고 빠진다!"

"아니란 말이에요! 무슨… 이 미친놈들이!"

미소가 살기를 가득 담은 공격을 막아내면서 연신 아니라고 항변을 해보았지만 그들에게서는 그 어떤 말도 통하지 않았다. 이런 혼란한 상황에서 치호 역시 판단을 내릴 수가 없었다.

'여신 교단의 손속이 이렇게 잔인했나? 일반 테스터들까지 모조리? 대체 언제부터… 제길.'

이전 필드에서 보인 여신 교단의 자애로운 모습은 찾아볼 수 없고 독기만 남은 듯한 여신 교단의 모습에 놀랐지만 지금 그런 것에 감탄이나 하고 있을 여유는 없기에 치호가 대진과 일행을 불렀다.

"모두 모여!"

"아저씨, 어떡하죠?"

"치호, 이 녀석들, 말이 통하지 않아. 그렇다고 죽일 수도 없고… 상황이 더럽게 꼬이는 것 같은데?"

"치호 아저씨, 그냥 모조리 죽일까요? 그래요. 모조리 죽여 버리고 없던 일로 해요. 제 생각이 어때요?"

미소는 짜증나고 답답한 상황이 겹치자 다소 과격한 소리를 하는 것 같았다.

아무리 요즘 안정이 되었다 하더라도 그녀는 과연 그녀였다.

그런 미소에게 치호가 다독이며 말했다.

"미소, 그럴 필요 없어."

"하, 하지만……."

"물론 우리가 다른 이들의 싸움에 껴서 피해를 입을 필요는 없겠지. 우리는 모여서 우리에게 쏟아지는 공격을 쳐내면서 버틴다."

치호의 결정에 대진이나 메이 또한 약간의 의아함을 갖는 것 같았다. 이 상황을 벗어나거나 모든 이를 제압할 줄 알았는데 그런 선택지를 택하지 않고 버티는 걸 택했기 때문이다.

하지만 치호의 결정에 다른 반박은 하지 않았다.

치호를 믿었기에 무엇인가 이유가 있으리라 생각했기 때문이다.

'일반적인 전투에서는 자신을 잘 컨트롤하는 것 같다가도 예상치 못한 상황이 닥치면 예전 습관이 나오는 건가? 좀 어려운 길로 가야겠군. 미소 때문에라도.'

사실 치호 역시 자신이 길을 뚫고 일행이 따라오는 식으로 이 전장을 벗어나려고 생각했지만 미소의 말 때문에 그런 결정을 하지 않았다. 미소의 말에서 기묘한 위화감을 느꼈기 때문이다.

"죽어라! 개놈들!"

"으, 이 한주먹거리도 안 되는 놈들이 자꾸!"

"크억! 뭐야?! 이놈들, 왜 이렇게 강해?!"

"일단 잔챙이부터 정리하자고! 이놈들은 제일 나중에 처리해도 늦지 않아!"

치호가 미소에 대해 생각할 겨를도 없이 계속해서 일행을 향한 공격이 들어왔지만 막아내는 수밖에 없었다.

괜히 어느 쪽의 테스터를 죽이기라도 하면 나중에 일을 수습하기 어려워지기 때문이다.

"조금만 더 버텨!"

테스터들의 공격을 방어하며 주변을 살피던 치호는 곧 전장의 승패가 가려질 것 같음에 일행을 다독였다.

더욱이 치호 일행에게는 처음과는 달리 공격이 많이 들어오지 않고 있었다.

치호 일행의 실력이 보통이 아닌 것을 알고 양측 모두 무리하게 공격을 하지 않고 있는 것이다. 더군다나 공격을 감행한 이들에게 반격을 하지 않으니 치호 일행을 보류해 둔 것이다.

'좋아, 나쁘지 않군.'

미소에게 지금과 같은 상황을 보여주기 위해 일을 벌인 것이지만 생각대로 풀려서 다행이었다.

모조리 죽이는 것만이 능사가 아니란 것을 보여주기 위해서였는데 나름 잘되는 것 같았다. 마지막까지 일이 잘 풀린다면 미소도 이번 기회를 통해 새로운 선택지를 배울 수 있으니 좋을 것 같았다.

'끝까지 잘 풀려야 할 텐데… 아무튼 곧 전투는 끝나겠군. 승자는 역시 여신 교단 측인가? 부드럽게 로펠로 측 거점에 잠입하려고 했는데 그것도 힘들겠군.'

전장을 가득 메우던 비명과 악의에 가득 찬 목소리가 잦아들기 시작했다. 어느 정도 전투가 마무리되는 듯한 분위기였다.

그때 메이가 치호에게 말했다.

"아저씨, 교단이 언제부터 저렇게 무차별적으로 사람을 죽이기 시작한 거죠? 예전에는 각 거점마다 신전까지 있고… 사람들을 챙겼는데 왜 저럴까요?"

"흥, 저놈들 본성이 나온 거지. 내가 이야기 안 했어? 날 수배할 때부터 알아봤다니까. 다짜고짜 끌고 가려고 하더니만… 그때부터 난 저놈들의 습성을 눈치채고 있었지. 후후, 역시 나야."

"이제부터 알아보면 되겠지. 전투가 끝나는 모양이다. 모두 긴장해!"

대진은 과거 클레이 일 때문에 교단이 자신을 수배해서 겪은 수난이 떠올랐는지 교단 측에 좋은 감정을 가진 것 같지 않았다.

그저 이제야 여신 교단의 본성이 나왔다는 듯 오히려 속 시원하다는 듯한 태도를 보였다.

"스테인 단장님, 선교단장 페오를 생포했습니다!"

"이 버러지 같은 놈들! 네놈들을 모조리 죽이지 못한 것이 내 천추의 한이다! 놔라! 차라리 내가 내 손으로 목숨을 끊겠다!"

"자결하지 못하도록 재갈을 물려!"

방금까지 이야기를 나누던 선교단장 페오가 사로잡힘과 동시에 전투가 마무리되는 것 같았다.

그리고 여신 교단의 인물들은 치호 일행에게 관심이 쏠리기 시작했다.

"저… 단장님, 저놈들은 어떻게 하실 겁니까?"

"저 녀석들, 전투 중에 보긴 했는데… 도무지 속을 모르겠습니다. 실력도 보통이 아닌 듯하니 처리하려면 피해를 감수해야 할 것 같습니다."

"흐음, 나도 봤다. 일단 죽음 교단 측 녀석들은 아닌 것 같아서 두긴 했다만… 일단 포위하고 상황을 지켜본다. 내가 직접 이야기를 나누어보지."

여신 교단장 스테인이라고 불리는 사내가 잠시 신도들과 이야기를 나누는 것 같더니 이내 치호 일행을 향해 걸어왔다.

"난 여신 교단 작전부 소속 기동타격단 단장 스테인이오.

당신들, 죽음 교단에 투신하려던 것이었소?"

스테인이 치호 일행에게 말을 걸기 시작함과 동시에 여신 교단의 신도들이 치호 일행을 둘러싸기 시작했다. 혹시 모를 사태를 미연에 방지하려는 듯 말이다.

치호는 그런 여신 교단의 행동을 보면서 피식 웃고는 냉소적으로 말을 하기 시작했다.

"우리가 죽음 교단에 투신하지 않는다고 하면 믿어줄 텐가?"

"앞으로 어떻게 말하느냐에 따라 달렸지 않겠소? 신중하게 대답하시오. 당신들은 죽음 교단에 투신하려고 한 것이오? 당신들 실력이라면 굳이 죽음 교단에 투신할 필요가 없을 텐데."

"뭐… 이유를 말하자면 로펠로 세력이 궁금해서라고 해두지. 여신 교단을 밀어낸 저력을 보고 싶어서라고 해두면 될까?"

치호의 말에 일행을 둘러싼 신도들이 참지 못하고 나서려 했지만, 스테인이 그들을 진정시키며 차분히 말을 잇기 시작했다.

"후후, 당차군. 뭔가 믿는 구석이 있는 모양인데 피차간에 시간 낭비하지 말고 어서 말해보시오."

스테인은 과연 단장 자리에 허투루 오른 것이 아닌 듯 치호의 태도에서 뭔가 이상함을 느낀 것이다.

아무리 실력에 자신 있는 테스터라 해도 이렇게 수많은 적 앞에서 이리도 당당한 태도를 보이는 테스터는 만나본 적 없기 때문이다.

그렇기 때문에 치호가 뭔가 믿는 구석이 있으리라 판단하고 재빨리 치호에게 물은 것이다. 스테인 역시 로펠로의 영역에서 오랜 시간을 끌고 싶지 않았기에 가능하면 빨리 일을 처리하고 싶었기 때문이다.

그런 스테인의 기색을 느꼈는지 치호는 가슴에 달고 있는 브로치를 떼어 스테인의 발치에 툭 던졌다. 일전에 미소를 살린 그 브로치였다.

"이거면 설명이 되겠나?"

"이게 뭐라고… 헛!"

스테인은 자신의 발치에 떨어진 물건을 주워 잠시 바라보다가 그 물건이 무엇인지 알아차렸는지 순식간에 얼굴이 사색이 되었다.

"호, 혹시 치호 님이십니까?"

"호오? 날 알아?"

"만나 뵙게 되어 영광입니다! '신탁의 주인'이시여!"

"또 그 망할 놈의 신탁 어쩌고 하는군."

치호는 여신 교단의 인물들에게 브로치를 보일 때마다 '신

탁의 주인' 어쩌고 하는 게 마음에 들지 않았지만, 어찌 되었
건 효과는 충분한 것 같았다.

조금 전까지 살기로 가득하던 여신 교단의 인물들이 소란
스러워지는 게 느껴졌기 때문이다.

"허, 저분이 신탁의 주인? 과연 그랬군."

"어쩐지… 하긴 엄청나긴 했어."

"으, 내가 그런 분을 공격하다니! 제길, 이 멍청한 손모가
지를 잘라 버려야 해!"

스테인의 말 한마디에 주변은 소란스러움을 넘어 자책하
는 듯한 목소리가 들리기도 했지만 치호는 아직 그 '신탁'이
라는 게 뭔지 모르기 때문에 어떤 반응도 쉽게 할 수 없었
다.

그때 스테인이 나서며 치호에게 말했다.

"죄송합니다. 치호 님께서 하는 일을 제가 방해한 것일지
도 모르겠군요. 저희도 나름 비밀 작전인지라… 죄송합니
다."

브로치 하나에 상황이 부드럽게 풀리는 듯하자 치호가 스
테인에게 자초지종을 묻기 시작했다.

"일단 오해는 풀린 것 같군. 뭐… 죄송할 것까지는 없는데,
대체 이게 어떻게 된 일이야? 설명 좀 해줄 수 있나?"

치호가 알기로 분명 여신 교단은 로펠로의 세력에 밀렸다

고 들었는데 지금 치호가 겪은 상황은 또 아닌 것 같았다.

간 크게도 로펠로의 세력 안에서 전투를 치를 만큼 여유가 있는 것인가 하는 생각이 들었기 때문이다.

스테인은 치호의 물음에 잠시 고민하는 듯싶더니 이내 결정을 내린 듯 말했다.

"긴 이야기가 될 것 같습니다. 여기서 말하기는 좀 위험하고 자리를 옮기시는 게 어떻겠습니까? 일단 저희 측 인원을 좀 해산하겠습니다."

치호가 고개를 끄덕이자 스테인은 포위하고 있던 신도들에게 명령하듯 외쳤다.

"작전 종료다! 사로잡은 페오는 끌고 간다! 해산!"

"옙!"

스테인의 한마디에 주변의 신도들이 하나둘 흩어지기 시작하더니 스테인을 호위하는 몇몇 인물만 남고 모두 자취를 감추었다.

"치호 님, 저를 따라오시지요. 제가 모시겠습니다. 이곳은 로펠로의 세력인 거점 베로나와 너무 가까워서 제대로 말씀드리기가 힘들군요."

"좋아, 가지."

치호 역시 이런 사달이 일어난 곳에서 넋 놓고 있다가는 사달을 일으킨 장본인으로 오해받기 쉽기 때문에 자리를 옮기는 것에 동의하고 스테인을 따르기 시작했다.

치호는 로펠로의 거점 베로나가 코앞인데 발걸음을 돌리는 것이 마음에 들지 않았지만 여신 교단의 정보를 얻을 수 있다면 그것도 나쁜 일은 아니기에 스테인을 따랐다.

치호는 자신 있게 스테인을 따라갔지만 대진을 비롯한 다른 일행은 약간은 불안한 듯한 기색을 보였다. 그런 일행을 보고 치호는 피식 웃으며 말했다.

"그렇게 걱정할 것 없어."

"치호, 괜히 따라가는 거 아닐까? 여신 교단 쪽하고 관련된 건 항상 좋은 기억이 없어서 말이지."

"뭐… 로펠로도 신경이 쓰이는 건 맞지만 여신 교단에 대해 정보를 얻을 기회가 흔치 않으니 이번 기회를 놓치지 말자고."

"그 왜 있잖아. 지난번 버려진 신전 말이야. 난 여신 교단 하면 그것밖에 떠오르지 않아서 영 불안한데… 괜찮겠지?"

대진은 여신 교단과 관련되어 고생한 기억밖에 없는지 스테인을 따라가는 게 맘에 들지 않는 것 같았다.

그냥 로펠로 영역의 거점인 베로나로 바로 갔으면 하는 눈치였다.

하지만 그럴 때 메이가 나서서 대진을 설득했다.

"아저씨, 로펠로 영역에 가서 제대로 상황을 알아보려면 반대 세력의 이야기도 들어보는 게 필수예요. 그래야 정확한 판단을 할 수 있죠. 안 그래요?"

"그, 그렇긴 하지만… 에휴, 나도 모르겠다. 아무튼 단단히 마음먹고 가자고."

"치호 아저씨도 있고 미소 언니도 있는데 별일 있겠어요? 게다가 저들이 치호 아저씨한테는 꼼짝도 못하는 눈친데."

메이의 말에 대진은 잠시 고민하다가 될 대로 되라는 듯 치호를 따라 걸음을 옮겼다.

메이의 말처럼 치호와 미소가 있는데 그렇게 마음 졸이는 것도 이상했기 때문이다.

가만 생각해 보면 지금 치호 측은 '영광의 기록서'에 이름을 올린 인물만 넷이다.

게다가 치호가 악몽들을 불러내면 순식간에 100에 달하는 정예병이 나타나니 어지간해선 꿀릴 게 없는 숫자이기 때문이다.

"그래, 여차하면 다 뒤집어 버리면 되지. 흥, 허튼수작 부리기만 해봐. 내가 아주 가만 안 둬."

대진은 여신 교단이 뭔가 허튼수작을 부리지는 않는지 감시하기 시작했고, 메이는 그런 대진을 보며 한숨을 푹 내쉬었다. 그런 두 사람을 보며 미소는 웃음 지을 뿐이다.

스테인을 따라 얼마간을 걸어가자 치호의 〈광인의 영역 선포〉를 통해 수많은 기척이 감지되기 시작했다.

　'호오. 숫자가 꽤 되는데? 이 정도 인원이 숨어 있는 건가?'

　치호가 감지한 인원만 200이 훌쩍 넘었고, 지금도 감지되는 숫자는 계속해서 늘어나고 있었다. 스테인이 이끄는 무리의 인원이 보통은 아닌 것 같았다.

　"거의 다 도착했습니다. 얼마 지나지 않아 저희가 머무는 장소가 나타날 것입니다."

　치호가 기척을 느낄 때쯤 스테인이 말했지만, 생각처럼 이들이 머물고 있다는 곳이 눈에 보이지는 않았다. 느껴지는 기척으로는 눈에 보여야 할 거리인데도 아직 눈에 띄지 않는 것이다.

　"뭔가 이상하군."

　치호가 스테인에게 나지막하게 말하자 스테인이 그런 치호의 반응을 예상이라도 했다는 듯이 답변했다.

　"과연 느끼고 계시는군요. 하하하!"

　"뭔가 있는 건가?"

　"당연하지요. 저희 능력자 중에는 위장을 전문으로 하는 인물도 있습니다. 그 친구 덕에 이런 작전도 가능한 것이지요."

스테인은 자랑하듯이 말하고는 앞으로 성큼성큼 걸어 나아가기 시작했다. 그 순간 스테인의 몸이 사라지더니 보이지 않았다.

"치호, 이게 뭐야? 갑자기 스테인 녀석이 어디로 사라진 거지?"

"글쎄… 기척은 그대로인데?"

대진이 당황해 치호를 불렀을 때 사라진 스테인의 목소리가 앞에서 들려왔다.

치호의 앞은 지금까지와 전혀 다르지 않은 숲의 모습이었지만 스테인의 목소리만 들려오는 것이었다.

"조금만 더 앞으로 오십시오. 그러면 알게 될 것입니다."

"흐음, 그래?"

"치호 아저씨, 조심하세요!"

미소의 걱정을 뒤로 하고, 치호가 고개를 한 번 끄덕이며 스테인을 따라 앞으로 걸음을 뗐다. 그리고 그 순간 치호의 시야가 변하기 시작했다.

"호, 이런 식인가? 마치 거울 속에 들어온 듯한 느낌이군. 다들 들어와 봐. 문제없다."

치호의 말에 일행이 하나둘 치호를 따라 걸음을 옮겼고, 급작스레 바뀌는 시야에 놀라움을 금치 못했다.

그들의 눈앞에는 수없이 많은 막사가 펼쳐져 있고, 내부에는 수많은 인원이 움직이고 있었기 때문이다.

"휘유, 거점의 방어 체계 저리 가라인데?"

"스테인, 이건 거점의 방어 체계인가?"

치호와 대진이 놀란 듯이 주변을 살피며 스테인에게 묻자 스테인이 고개를 저으며 말했다.

"거점의 방어 체계는 아닙니다. 그저 스킬을 이용한 눈속임일 뿐이지요. 하지만 이 성도만 해두어도 효과는 충분합니다."

"하긴… 내 눈을 속인 것만 봐도 쓸 만하네."

"예. 길을 잃고 찾아오는 괴물들만 가끔 처리하는 걸 제외하면 꽤나 아늑하지요. 하하하!"

스테인은 자랑스럽다는 듯이 크게 웃고는 일행을 안내했다.

현 상황을 설명해 주기 위해 자리를 마련한 것이다.

"먼 길 오느라 수고하셨습니다. 차라도 내어드려야 하는데 살림이 여의치 않아 죄송합니다."

"됐어. 신경 쓰지 마라. 어떻게 된 건지 설명이 좀 필요하군. 아직 좀 혼란스럽기도 하고 말이야. 방금 둘러보니 세력이 꽤나 되는 것 같은데… 이런 세력이 또 있는 건가?"

치호는 자리에 앉자마자 궁금한 점을 쏟아내기 시작했고, 스테인은 그런 치호의 말에 하나씩 답변하기 시작했다.

"후우, 사실 극비이긴 합니다만 '신탁의 주인'이신 치호 님께서는 들을 자격이 충분할 겁니다. 저희가 로펠로의 세력에 당한 것은 사실입니다. 하지만 완벽히 와해된 것은 아니지요."

"호오, 그러면 이런 세력이 또 있다는 것인가?"

"예, 로펠로 세력의 경계를 따라 포위하듯 저희 교단의 세력이 포진해 있습니다. 그래서 때때로 이런 식으로 그들의 세력을 습격하기도 합니다."

치호는 스테인의 말에 고개를 끄덕이기 시작했다. 과연 여신 교단의 세력은 치호가 생각한 것처럼 쉽게 무너질 세력이 아니었다.

치호가 여신 교단에 대해 생각하고 있을 무렵 스테인이 계속해서 말을 이었다.

"저희는 이렇게 모여서 때를 기다리고 있는 것이지요. 여신 교단에서도 나름 준비하는 게 있으니 얼마 있지 않아 로펠로 녀석들에게 한 방 먹여줄 것입니다."

"흠, 그래? 아마도 루바란 길드의 일리야 레핀과 관계된 방법인가 보지?"

"헛! 어떻게 그런 것을?"

스테인은 치호의 말에 흠칫 놀라는 듯했지만, 치호는 그런 스테인의 태도와는 무관하게 계속해서 말을 이었다.

"과연… 내 예상이 맞았군. 세 번째 필드에서 지금쯤 준비하고 있겠군."

"예, 맞습니다. 세 번째 필드의 모든 그림자 사제들이 모여서 단숨에 네 번째 필드로 치고 올라올 계획입니다. 그리고 그를 따르는 신도들까지요."

"네 번째 필드에서 곧 피바람이 불겠군."

"그들이 먼저 시작한 싸움입니다. 조화를 부르짖은 것은 저희 쪽이고, 그런 저희를 무차별적으로 짓밟은 쪽은 로펠로이니까요."

치호의 마음 같아서는 이런 의미 없는 전쟁 따위는 멈추라고 이야기하고 싶었지만 말을 아꼈다.

자신이 이야기한다고 해서 그들이 말을 들을 것 같지 않았기 때문이다.

더욱이 그들이 로펠로 세력에게 빚진 피값은 너무 무겁기 때문에 설득하기 힘들 것 같았다.

"그렇군. 생각보다 여신 교단과 로펠로 사이의 감정의 골이 깊군. 양립할 수 없는 관계인가?"

"저희도 로펠로가 이렇게 나올 줄 몰랐기에 당한 것입니다. 저희는 끝까지 로펠로를 끌어안으려고 했지만……. 후우."

"아쉽게 됐군."

치호는 진심으로 아쉬운 감정이 들었다.

일반적인 세력과 세력이 충돌하는 것보다 종교와 종교가 충돌하여 생기는 피해가 상상을 초월하기 때문이다. 이념과 이념이 부딪치면 한쪽이 사라질 때까지 멈추지 않는 살육이 시작될 것은 치호의 지난 경험으로 충분히 알고 있는 사실이다.

다만 이곳은 필드였고, 필드라는 그 특성으로 인해 다른 결말이 나길 바랄 뿐이다.

"그나저나 곤란하게 되었군."

"무엇이 말입니까?"

"실은 페오를 통해서 로펠로의 세력에 잠입해 그들에 관한 사항을 좀 알아보려고 했는데 말이야. 이번에 여신 교단의 습격으로 인해 좀 힘들게 됐어."

치호는 여신 교단과 로펠로와의 관계가 어떻게 되었든 로펠로의 세력에 들어가 볼 생각이다. 지금 치호의 목적은 네 번째 필드의 평화보다는 퀘스트를 해결하는 게 주요 목적이기 때문이다.

"아, 그러셨군요. 하지만 베로나에 잠입하실 거라면 걱정하지 않으셔도 됩니다."

"응? 그게 무슨 소리지?"

"하하하, 저희가 아무리 이곳에 숨어 있다고 해도 각 거점에 첩자 정도는 심어두었습니다. 게다가 거점과 이곳을 왔다 갔다 하며 연락을 주고받아야 하기 때문에 따로 연락책도 완비되어 있습니다."

"호오, 그럼?"

"예, 저희 측에서 베로나에 잠입하는 걸 도와드리겠습니다. 더불어 거점에 잠입해서 행동하기 편하도록 준비해 드리지요."

스테인의 말에 치호의 얼굴이 조금은 환하게 피기 시작했다.

생각 외로 일이 잘 풀리는 것 같았기 때문이다.

"치호, 잘됐군."

"휴, 아저씨, 다행히 거점에 들어갈 수는 있겠네요."

"그럼 망설일 필요 없이 지금 출발하죠?"

스테인의 이야기를 듣고 있던 치호 일행이 한 마디씩 하기 시작했다. 그 말에 치호도 고개를 끄덕이며 스테인에게 말했다.

"그럼 최대한 빨리 떠나고 싶군. 가능하겠나?"

"물론입니다. 원하시면 언제든지."

"그래? 그럼 지금 출발하지."

치호의 말에 치호 일행은 밖으로 나갔고, 제일 마지막까지 막사에 남아 있던 치호가 나가려다 걸음을 멈추고 스테인에게 물었다.

"그런데 말이야, 이런 걸 물어도 되려나?"

"무엇이든 물어보십시오. '신탁의 주인'께 숨길 것이 무엇이 있겠습니까. 편히 생각하십시오."

"흠, 사실 말이야, 네가 우리를 이곳으로 이끌었을 때 혹 전투를 지휘해 달라거나 앞으로 있을 전투에 참여해 달라는 부탁을 할 줄 알았는데 그런 부탁은 하지 않는군."

사실 치호는 계속해서 의문을 가지고 있었다. 어째서 스테인은 이렇게 교단에 대한 정보를 쉽게 내어주고 자신을 이렇게 도와주는 것인지에 대해 말이다.

더욱이 치호 일행의 무력을 보았으니 여신 교단과 죽음 교단과의 싸움에 도움을 청하지는 않을까 했는데 전혀 그런 기색이 없었기에 물은 것이다.

그런 치호의 물음에 스테인이 호쾌하게 웃으며 말했다.

"하하하, 저라고 왜 그런 생각이 없겠습니까. 하지만 치호 님은 '신탁의 주인'입니다. 이런 사사로운 싸움에 치호 님까지 힘을 보태실 필요가 없습니다. 치호 님께서 가시는 길 하나하나가 저희 교단의 '신탁'을 해결하는 여정이니 그런 치호 님의 길을 방해한다는 것은 말도 안 되는 일이지요."

"또 '신탁'이군. 그 '신탁'이란 것에 관한 내용을 왜 나만 모르는 거지?"

"하하, 걱정하지 마십시오. 곧 알게 될 것입니다. 아니, 스스로 깨우치게 될 것입니다. 그러니 치호 님은 그냥 본인이 원하시는 길을 걸으시면 됩니다. 그게 저희를, 아니, 모든 테스터에게 이로운 일일 테니까요."

스테인에게 신탁에 관한 내용을 물으려 했지만 그의 단호한 태도를 보니 어차피 말해주지 않을 것 같아 치호는 어쩔 수 없이 돌아서는 수밖에 없었다.

'대체 신탁이란 게 뭐길래 말을 안 해주는 거지? 답답하군.'

치호는 '신탁'이라는 게 궁금해서 답답했지만 여신 교단이 '신탁'의 이름으로 자신의 길을 방해하는 것도 아니고 오히려 도와주고 있으니 집요하게 묻기도 어려웠다.

그렇기에 치호는 고개를 저으며 말했다.

"가능하면 그 신탁의 내용이 무엇인지 빨리 알았으면 좋겠군."

"곧 그렇게 되실 겁니다. 하하하!"

"알았다. 그럼 나가보지."

치호가 막사 밖으로 나오자 일행은 다시금 길을 떠날 준비를 하고 있었다. 그때 그런 일행에게 한 명의 사내가 다가오며 말했다.

"아, 안녕하십니까! 베로나까지 안내를 맡은 메단입니다.

모시게 되어 영광입니다."

　사내는 호리호리한 체구에 힘없어 보이는 인상이었지만 푸른 눈이 선해 보이는 게 나쁘지 않은 인상의 사내였다.

제2장
로펠로 Ⅰ

안내역으로 나타난 메단은 치호와 일행을 대하는 것이 어지간히도 긴장되는지 말을 더듬고 있었다. 그런 메단을 바라보던 대진이 피식 웃으며 입을 열었다.

"하하하, 메단이라고 했나? 그렇게 긴장하지 않아도 돼. 우리도 도움을 받는 입장인데 뭘 그렇게 긴장하고 있어? 응?"

"하지만… 소문만으로 들은 분들을 직접 만나게 되니 그게 쉽지 않네요. 게다가 일행도 늘어나서서 '영광의 기록서'에 이름을 올린 분만 넷……. 휘유."

"아무튼 걱정하지 말고 편하게 행동해. 우리가 더 불편하니까."

"아, 네. 알겠습니다. 하… 하!"

메단이 알겠다며 힘겹게 웃었지만 그런 메단의 태도로 보아 얼마나 편하게 일행을 대할지는 미지수였다.

치호는 그런 두 사람의 대화가 끝나기를 기다렸다가 말했다.

"자, 그럼 출발하지."

"이번엔 별일 없겠지?"

"그런 것보다 거점 안에서 별일이 없어야 할 텐데요."

"그래도 치호 아저씨가 있으니까 거점에서도 문제없지 않아?"

지난번에 치호가 거점 안에서 스킬을 쓸 수 있다는 사실을 이미 동료들에게 말해두었기에 미소가 언급한 것이다.

거점에서 스킬을 사용할 수 있다는 것을 알렸을 때는 일행 역시 다소 놀라는 눈치였지만 이제는 그저 그런 기술도 있구나 하는 정도였다.

대진은 치호의 말에 클레이를 떠올리며 혹여 문제라도 생기는 건 아닌지 걱정하는 듯했지만, 상대가 치호이기 때문에 별다른 말은 하지 않았다.

대진은 치호가 클레이처럼 나약하게 무너질 것이라고는 추호도 생각하지 않기 때문이다. 그만큼 치호에 대한 대진의 신뢰는 두터웠다.

"아무리 치호 아저씨가 있다지만… 그래도 충돌은 피하는 게 좋지 않겠어요?"

"음, 하긴 그게 좋겠다."

미소와 메이는 도란도란 이야기하면서 메단이 이끄는 길을 따라 걷기 시작했고, 시간이 얼마간 흘러 로펠로 세력의 거점 베로나 근처에 도착할 수 있었다.

"여기서부터는 거점 베로나가 가시권에 들어옵니다. 여러분 눈에는 아직 보이지 않겠지만 일단 베로나가 얼마 남지 않았으니 주의해 주십시오."

"후, 그래도 빨리 도착했는데?"

대진은 생각보다 빠른 도착에 길게 숨을 내쉬며 말했고, 메단이 그런 대진의 말이 끝나자 인벤토리에서 무언가 물품을 꺼내기 시작했다.

"다들 이것 하나씩 착용해 주십시오. 특히 치호 님, 그 여신의 브로치는… 로펠로의 세력권에서는 착용하지 않는 게 좋습니다. 혹여 알아보는 이들이 있을 수 있으니까요."

메단이 건넨 물품은 여신 교단의 물품과 비슷한 작은 브로치였는데, 언뜻 보면 동전처럼 생겼다.

그리고 브로치에는 한 인물의 초상이 그려져 있었다.

"이게 뭐지?"

"이번에 죽음 교단에서 새로 배포하기 시작한 물건입니다. 신도임을 증명하는 물품 같은 것이라 할 수 있습니다."

"호오, 이게? 그럼 여기 새겨져 있는 인물이 로펠로?"

"네, 아주 오만하기 그지없는 인물이지요. 스스로의 얼굴을 배포하다니… 저라면 하라고 해도 못 할 부끄러운 짓을 서슴지 않고 하는 자입니다."

메단은 죽음 교단의 브로치가 여간 마음에 들지 않는 눈치였지만 어쩔 수 없이 착용하는 것 같았다.

그런 메단의 모습에 치호 일행 역시 브로치를 가슴에 달았다.

"좋아, 별다른 건 없군. 이제 가보지."

"예. 제가 다른 로펠로의 거점에서 넘어온 분들이라고 소개하겠습니다. 당황하지 마시고 제 말을 따라주십시오."

"좋아, 베로나에 들어가는 건 네게 맡기지."

치호의 말에 메단은 성큼성큼 걸어가기 시작했다. 치호의 시야에 거점 배로나가 들어왔지만 굳이 티를 내지 않고 다른 일행과 함께 행동했다. 교단 측 사람인 메단에게 이런 능력이 있다는 걸 알려봐야 이득도 없고 좋을 것도 없을 것 같았기 때문이다.

메단은 치호 일행을 하나씩 이끌어 거점을 시야에 드러나게 해주었고, 이내 메단이 성문에 대고 크게 외치기 시작했다.

"저 메단입니다! 순찰을 돌다가 거점 피탄에서 넘어왔다는 저희 신도를 안내해 왔습니다! 문을 열어주십시오!"

메단이 외침과 동시에 성문 위쪽에서 부산스레 움직이는 기척이 느껴졌고, 치호는 동태를 살피기 시작했다.

'여기 베로나도 다른 거점과 비슷하긴 하군. 성벽과… 그것을 지키는 경비병까지. 내부는 어떨지 봐야겠지만 외부는 크게 다르지 않은 것 같군.'

밖에서 거점 베로나의 외부를 살폈을 때는 지금까지 치호가 네 번째 필드에서 겪은 다른 거점과 비슷한 모습이었다. 다만 다른 점이 있다면 거대한 성문에 기하학적 문양이 빼곡하게 새겨져 있다는 것이다.

'제길, 저 문양을 보니 옛날 생각이 나는군. 저런 것까지… 대체 로펠로란 녀석은 어떻게 저런 걸 알고 있는 거지?'

성문에 새겨진 문양은 과거 치호가 부흥시킨 종교에서 자주 사용하던 것이어서 대번에 알아본 것이다. 하지만 치호는 애써 표정을 감추며 메단을 따랐다.

"메단, 브로치는 확인한 것이겠지?"

"물론입니다. 별 문제 없으니 괜찮습니다."

"그런데 페오 단장님이 아직 돌아오지 않았는데 혹시 순찰

하면서 마주치지는 않았나?"

"글쎄요. 페오 단장님은 뵌 적이 없는데… 언제 나가셨답니까?"

메단은 치호 일행 앞에서는 그렇게 긴장한 표정을 짓더니만 실전에서는 능숙하게 거짓말을 하기 시작했다.

죽음 교단의 선교단장 페오는 여신 교단에서 신병을 확보했지만, 전혀 모른다는 듯 거짓말을 능숙하게 하고 있는 것이다.

'저 친구도 완전히 믿어서는 안 되겠어.'

치호는 그런 메단의 모습에 작은 경각심이 들었다. 일행에게 보인 긴장된 모습 자체가 거짓일 수도 있기 때문이다. 치호가 메단에 대해 생각하고 있을 때 일이 잘 풀렸는지 메단이 일행에게 손짓했다.

크르릉!

거대한 성문이 사람이 들어갈 수 있을 만큼 열렸고, 일행이 모두 통과하자 다시금 성문이 닫혔다.

"여기가 거점 베로나입니다. 제가 일단 숙소까지 안내해 드리겠습니다. 따라오시지요."

"고맙군. 그런데 여기도 안내 데스크 같은 게 있나?"

"예, 있습니다. 하지만 워낙 로펠로를 찬양하는 뉘앙스를 감추지 않아서… 어느 정도 걸러서 듣는 게 좋습니다."

치호는 그런 메단의 말에 고개를 끄덕이는 것으로 대답을 대신했다.

'일단 거점의 기본적인 모습은 갖추고 있는 모양이군. 안내 데스크까지 있는 걸 보면 말이야.'

거점 베로나를 둘러보기 시작할 때 미소가 치호에게 다가와 조용히 이야기했다.

"저… 아저씨, 생각보다 이 거점, 좋지 않아요?"

"그러게. 그런데 치호, 사람들 표정말이야……. 엄청 밝아 보이지 않아? 다른 거점하고는 약간 분위기가 다른 것 같은데 내가 잘못 본 건가?"

"아니. 제대로 본 것 같군. 정말 표정이 좀 달라. 분위기도 그렇고 말이야."

일행은 거점 베로나의 이상하리만치 밝은 분위기가 기묘하게 느껴졌다. 지금껏 경험한 거점에서는 아무리 살기 좋다고 하더라도 감출 수 없는 음울함이 은연중에 깔려 있었다.

테스터들은 언제나 괴물들의 습격과 삶에 대한 걱정을 해야만 했고, 자연스레 그런 분위기가 거점에 퍼져 있었다. 그런 분위기는 필드에 있는 거점의 특색이라고 할 수 있는데 그런 음울함이 베로나에서는 전혀 느껴지지 않았기에 더욱 위화감이 든 것이다.

'기묘하군. 의외로 로펠로가 잘 이끌고 있는 것인가?'

숙소로 가면서 지나치는 테스터들의 얼굴에 근심이 없다는 사실은 치호에게 매우 인상적이었다.

과거 치호가 부흥시킨 종교에 속한 세력은 저렇지 않았다. 항상 얼굴 한편에 감출 수 없는 공포가 서려 있었기에 자신과 대비되는 이 분위기가 치호에게 신기하게 다가온 것이다.

'어쩌면 내가 편견에 사로잡혀 있는 걸지도……. 좀 더 자세히 알아봐야겠군.'

치호가 거점의 분위기를 살피며 메단을 따른 지 얼마 되지 않아 메단이 걸음을 멈추고 한 건물 안으로 들어갔다.

"이곳에서 머물면 될 것입니다. 저희 여신 교단 측에서 사용하던 건물인데 요즘은 사용하지 않으니 편하게 사용하세요."

"고맙군. 아, 혹시 우리가 알아둬야 할 사항 같은 게 있나? 미리 알아두고 싶군."

"아, 베로나에서는 식사가 배급제입니다. 상점에 가서도 식량은 구매할 수 없으니 참고하시면 됩니다."

"식사가 배급제라고?"

치호는 의문이 들어 묻자 메단은 별것 아니라는 듯 이야기하기 시작했다. 그런 메단의 말 속에서 치호가 궁금해하던 사항의 일부도 알아낼 수 있었다.

"베로나의 테스터들, 뭔가 이상하지 않았습니까?"

"이상하다면… 근심이 없어 보인다는 것 정도?"

"예, 그게 바로 식량에서부터 옵니다. 여기서는 기본적으로 생활하는 모든 생필품 및 식량을 무료로 제공합니다. 그러니 테스터들이 위험하게 밖에서 사냥할 필요가 없는 것이지요."

"그래서 테스터들의 표정이 그리도 밝은 것이다?"

"뭐 여러 가지 요인 중 하나입니다. 그러니 식사 때가 되면 마을 중앙 광장에서 식사하시면 됩니다."

두 사람의 대화를 듣고 있던 대진이 나서며 어이없다는 듯 말을 내뱉었다.

"나 참, 별의별 거점을 다 경험해 봤지만… 식량을 무료로 주고 생필품까지 책임진다는 거야? 허어, 별 희한한 거점이 다 있네."

"하긴… 그러면 거점 내에서만 생활하면 되니 괜찮을 것도 같긴 하네요."

"그럼 그 많은 돈은 어디서 충당하는 걸까요? 로펠로의 모든 거점이 전부 이런 식인가요?"

일행이 질문을 쏟아내자 메단은 차분히 모든 질문에 답변하기 시작했고, 그것을 요약하자면 모든 로펠로의 거점은 이런 식으로 운영되고 있으며 자금 출처에 대해서는 아직 밝혀진 바가 없다는 것이다.

"흠, 아무튼 고맙다."

"예, 그럼 전 이만 나가보겠습니다. 만약 필요한 게 있으면 밖에 있는 나무에 가위표를 해두시면 저희 측 인물이 은밀히 숙소로 찾아올 것입니다."

"알았다. 기억해 두지."

기본적인 사항을 알려준 메단은 자취를 감추었고, 숙소에는 치호를 비롯한 네 명만이 남게 되었다.

"치호, 이제 어떻게 하지?"

"일단 로펠로에 관한 정보를 먼저 모아야 할 텐데… 메단의 말대로라면 식사 배급 말고는 다른 거점과 똑같다고 하니 한번 흩어져서 찾아보자고."

"저… 저랑 미소 언니는 함께 다녀도 될까요? 헤헤."

"그래, 편할 대로 해. 그리고 너무 무리해서 정보를 캐진 마. 괜한 의심을 살 수도 있으니까."

"네, 알겠어요. 프로 해결사인 제가 알아서 잘할게요. 헤헤."

자신 있게 말하는 메이가 왠지 불안했지만 그녀의 말대로 그녀를 믿는 수밖에 없었다. 그래도 그녀가 가지고 오는 정보는 쓸 만한 게 많으니 말이다.

"그리고 로펠로도 로펠로지만 '영원의 싸움터' 수트람에 관해 알아보는 것도 잊지 말고. 그럼 각자 활동하다가 내일 점심에 식사가 배급된다고 하니 거기서 만나지."

치호의 몇 가지 당부를 끝으로, 일행이 흩어졌다. 본격적으로 로펠로의 세력에서 활동이 시작된 것이다.

'어디 진짜 잘 이끄는 것인지, 아니면 한낱 눈속임인지 확인해 볼 시간이 되었군.'

치호는 이번 기회에 로펠로에 관해 완벽히 알아보겠다는 마음으로 숙소를 나섰다.

지금부터 알아보는 정보를 토대로 앞으로 로펠로와의 관계가 정해질 것이기에 그 어느 때보다 신중한 표정의 치호였다.

일행이 흩어지자 치호 역시 갈 방향을 정해야 했다. 일단은 사람이 많은 곳으로 가서 동향을 살펴보는 것이 좋을 것 같았기에 치호는 서둘러 발걸음을 옮겼다.

'일단 안내 데스크부터 살펴보는 게 좋겠군. 네 번째 필드에서는 안내 데스크가 일종의 사냥 그룹을 찾는 장소로도 이용되는 것 같았으니까.'

치호는 중립 거점 아톨란의 기억을 되살리며 그곳을 향해 움직였다. 메단의 말에 따르면 식사 배식을 하는 것 외에는 다른 거점과 별다른 점이 없다고 했으니 그곳에 사람이 가장 많이 모일 것으로 판단되었다.

치호는 안내 데스크로 향하면서도 꼼꼼히 베로나의 지리를 익혔다.

혹여 베로나에서 무슨 일이라도 생기면 재빨리 몸을 뺄 수 있는 최단의 루트를 기억해 두기 위해서였다.

'중앙 광장을 중심으로 방사형으로 퍼져 나가는 식이군. 가장 바깥쪽은 거주 구역이고 안쪽으로 갈수록 공공시설이 배치되어 있어. 그런데… 뭔가 찜찜하단 말이야.'

지리를 익히면서도 치호는 주변의 분위기를 파악했지만 여전히 이해가 되지 않았다. 사람들의 분위기가 너무 편안했기 때문이다.

메단이 이런 분위기에 대해서 설명을 해주긴 했지만 그것으로는 부족했기에 자꾸 마음에 걸리는 것이다.

'여신 교단과의 전쟁에서 승리한 여파인가? 이런 불안한 정세가 계속되는 네 번째 필드에서 어떻게 이런 분위기를 유지할 수 있는 거지? 아무리 식사와 생활에 대한 걱정이 없더라도 너무 과한데. 흠.'

더욱이 이곳 베로나로 들어올 때도 너무 쉽게 통과된 경향이 없지 않게 있었다. 사실 여신 교단의 단장 스테인의 말에 따르면 지난번 치호가 겪은 게릴라 같은 전투를 꾸준히 치르고 있다고 했다.

그렇다면 어떤 식으로든 경계가 삼엄해야 하는데 메단의

말 한마디에 너무 쉽게 성문을 열어준 것 같은 느낌을 지울
수가 없었다.

'아무래도 뭔가 이상해. 혹시나 해서 메단의 행동을 주시
했지만 딱히 수상한 점도 없는 것 같고… 너무 헐렁한 것 아
닌가?'

사실 말이 좋아 베로나의 거점 테스터가 밝은 표정이라는
것이지, 전시 상황에서의 이런 분위기라면 군기가 빠졌다거
나 헐렁한 느낌이라고밖에 표현할 수 없었다.

치호는 아무리 생각해도 이런 분위기를 이해하지 못했지
만, 사람들과 대화를 하다 보면 그 이유도 조금은 알 수 있
지 않을까 하여 서둘러 안내 데스크로 향했다.

"크하하, 요즘 같아서는 정말 살맛난다니까. 여기 오기 전
에 아등바등 살려고 고생한 걸 생각하면… 어휴."

"그러게 말이야. 다른 거점의 이 망할 놈들, 로펠로 님의
세력이 확장되면 자신들의 입지가 흔들릴까 봐 그런 나쁜 소
문이나 퍼뜨리고 말이야."

"다른 녀석들도 데려오고 싶은데… 영 믿지를 않으니. 흥,
중립이니 얀셴이니 다 헛소리지. 제 놈들 편하자고 우리만
개고생하는 거라니까. 쳐죽일 놈들."

치호는 안내 데스크에서 적당히 자리를 잡아 주변의 말을
듣고 있었다. 혹여 있을 말실수를 방지하기 위해 일단은 분

위기를 살피고 있는 것이다.

치호의 예상과는 다르게 안내 데스크에서 사냥 그룹을 모으는 인원은 찾기 힘들었다.

아무래도 베로나에서는 식사와 생활에 대해 지원을 해주니 사냥에 적극적으로 나서는 모습은 찾을 수 없는 것이다. 그럼에도 안내 데스크는 사람들로 북적였다. 테스터들이 한데 모일 만한 장소 중에서 안내 데스크만 한 장소도 없기 때문이다.

'로펠로에 대한 여론이 꽤나 괜찮군. 내가 과민한 건가.'

치호는 주변의 이야기를 들으면 들을수록 로펠로에 대한 악감정이 상쇄되기 시작했다. 어쩌면 정말 자신이 오해하고 있는 것인지도 몰랐다.

"근데 콴 녀석들하고 얀센 녀석들이 한판 제대로 붙었다는데 그건 어떻게 되어가고 있는지 아는 사람 있어?"

"응? 그거? 내가 알지."

"그래, 자네는 얀센 쪽에 있다가 넘어온 지 얼마 안 됐으니 잘 알겠군. 어떻게 일이 진행되고 있는 거야?"

치호 역시 콴과 얀센에 대한 이야기는 새롭게 듣는 정보이기 때문에 그들의 대화에 귀를 기울였다.

중립 거점을 타격한 콴이 어떻게 되어가고 있는지 궁금했기 때문이다.

"그게 말이지, 얀센 측의 공세가 심상치 않아. 아주 끝장을 보겠다는 식으로 달려들고 있어."

"응? 그게 무슨 소리야? 항상 힘의 균형이 맞는 것 아니었나?"

"글쎄… 나도 정확히는 몰라. 오히려 콴 쪽에서 전투를 피하고 있다는 느낌이랄까? 그게 아니면 얀센 쪽은 얀센이 직접 전장에 나서서 진두지휘하니 밀릴 수밖에 없는 걸지도 모르지."

"허, 얀센이 직접 전투를 지휘한다고? 뭔가 단단히 마음먹은 모양인데?"

치호는 이야기를 들으며 상황이 어떻게 되어가고 있는지 파악할 수 있었다. 아마도 콴이 중립 거점을 타격했다는 소리에 병력의 차이로 우위를 점하며 밀어붙이고 있는 모양이다.

'얀센 쪽도 보통은 아니군. 제대로 잘 찔렀어. 확실히 중립 거점 텔로시에서의 피해가 만만치 않았을 테니 말이야.'

치호는 일전에 미소의 〈떨어진 별〉이란 스킬에 전멸당한 콴의 세력을 기억하며 몸을 부르르 떨었다.

그 스킬의 위력은 치호에게도 부담스러웠기 때문에 저도 모르게 몸이 떨린 것이다.

치호가 콴의 병력과 얀센에 대해서 생각하고 있을 때 또 다른 이야기가 흘러나왔다.

"그런데 여보게들, 지금 중립 거점에 대해 아는 사람 좀 있어? 뭔가 심상치 않게 돌아가는 것 같던데?"

치호는 중립 거점 이야기가 나오자 흥미가 생겼다. 더욱이 안내 데스크의 분위기도 대충 파악했기에 슬슬 대화에 끼어들기 시작했다.

"중립 거점에서 무슨 일이 있는 건가?"

"응? 자네는 누구……? 처음 보는데?"

"아, 오늘 피탄에서 넘어왔지. 그것보다 중립 거점 말이야, 뭔가 있는 건가? 그들의 연합이 깨지기라도 했나?"

사내는 치호가 자신을 소개하자 고개를 끄덕이더니 이내 조심스레 말을 꺼내기 시작했다.

"실은 말이야, 중립 연합은 와해되기보다도 새로운 세력으로 탈바꿈하고 있다는 게 맞는 소리 같아."

"그게 무슨 소리지? 새로운 세력으로 탈바꿈하다니."

치호는 사내의 말에 의문을 표했다. 중립 거점을 떠날 때 분열의 조짐은 보였지만 그렇다고 해서 세력의 성격이 변할 것까지는 아니었기 때문에 의문이 든 것이다.

'최도현이 규합에 실패한 건가? 그 정도까지는 아닌 걸로 기억하는데 생각보다 감정의 골이 깊었던 건가?'

치호가 아틀란의 마스터 최도현을 생각하고 있을 때 사내가 치호에게 말했다.

"실은 말이야, 변수가 생긴 거야, 변수가. 이래서 필드는 한 치 앞을 알 수가 없다니까. 참 나."

"변수? 중립 거점이 동시다발적으로 공격당하거나 또 다른 배신자가 나온 건가? 그랬다면 그럴 수도 있겠군."

"에이, 그 정도를 변수라고 하겠어? '영광의 기록서'가 변수였던 거야, '영광의 기록서'가 말이야."

치호는 사내의 말에 떠오르는 사람이 하나 있었다. '영광의 기록서'에 최근 등록된 사람은 대진을 제외하고는 한 사람밖에 없기 때문이다.

"'영광의 기록서'라면… 레핀?"

"그렇지! 그 레핀이 중립 거점을 하나씩 씹어 먹기 시작했다는 거지. 대단하지 않아? 네 번째 거점에 온 지 얼마나 됐다고 벌써부터 그렇게 활약하느냔 말이야. 게다가 일부 거점 중에는 '영광의 기록서'란 말만 듣고 그냥 거점을 내주는 놈들도 있다던데?"

"레핀이 중립 거점을 장악해 가고 있다? 허, 그것 참 대단하군."

사내의 말을 들으니 루바란 길드의 길드장 일리야 레핀이 중립 거점을 하나씩 장악해 가고 있다는 것을 알 수 있었다. 게다가 중립 거점의 인물들이 기록서에 등재된 인물이란 소리에 제대로 된 전투 한 번 하지 않고 거점을 내어준다는 것도 재미있는 사실이었다.

'아무래도 그때 내가 보여준 전투가 뇌리에 깊이 박힌 모양이군. 내가 알게 모르게 레핀을 도와준 꼴인가?'

아마도 전투를 해보지도 않고 거점을 넘기는 이들은 일전에 치호가 콴의 세력을 상대로 한 전투를 기억하고 있는 이들 같았다.

그랬기에 '영광의 기록서'에 등재된 인물이 세력을 키운다는 소리에 편승하려고 하는 것일지도 몰랐다.

'그나저나 가장 불안한 부분을 잘 캐치했군. 아쉽게도 네 번째 필드에서 중립 거점은 이제 찾아볼 수 없을지 모르겠군. 후우, 서둘러야겠어.'

치호는 안내 데스크에서 이런저런 이야기를 듣자 네 번째 필드의 상황이 매우 급하게 돌아간다는 것을 느낄 수 있었다. 게다가 여신 교단의 스테인의 말에 따르면 여신 교단 측이 준비한 것도 거의 완료되어 간다고 하니 퀘스트를 방해 없이 진행하려면 서두르는 게 좋을 것 같았다.

이후에도 베로나의 테스터들과의 이야기는 계속되었고, 안내 데스크는 밤이 깊어지자 자연스레 주점으로 변하는 분위기였다.

"크흐, 이 맛에 내가 안내 데스크에서 죽치고 있는 거야. 밤에 오면 자리도 없다니까. 로펠로 님의 세력은 다 좋은데 술을 자유롭게 팔지 않으니… 그게 불편해."

"그래도 안내 데스크에서 자리 잡고 있다 보면 이렇게 공짜로 술도 주는데 이만한 데가 또 어디 있다고 그러나? 응?"

"응? 그것도 그런가? 크크크."

안내 데스크의 테스터들은 술이 들어감에 따라 점점 분위기가 풀어지기 시작했다.

낮에는 로펠로의 대한 찬양밖에 나오지 않았는데 조금은 불평의 목소리도 나오는 걸 보면 말이다.

치호는 그런 분위기를 살피다 조심스레 '수트람'에 관해 묻기 시작했다. 로펠로에 대한 여론과 주변 정세에 관한 정보는 대충 획득했으니 퀘스트에 관해 알아보려는 속셈이다.

"그런데 수트람이라고 들어본 적 있나? 영원의 싸움터라고도 불리는 것 같던데 말이야."

"뭐, 수트람? 허… 참."

치호가 수트람에 관해 묻자 사내가 그런 치호를 어처구니없다는 표정으로 쳐다보았다.

'제길, 뭔가 실수했나?'

치호는 사내의 태도에 일순 자신이 무언가 실수한 게 없는지 생각했지만 별다른 건 없었다. 문제가 있다면 수트람에 관한 것밖에 없었다. 치호가 긴장하며 사내의 태도에 신경을 곤두세우고 있을 때 사내가 크게 웃음을 터뜨렸다.

"크하하, 자네도 교육 때 졸았나 보구먼그래. 응?"

치호는 사내의 웃음에 맥이 탁 풀리는 것 같았지만, 티 내지 않고 눈치껏 사내의 말을 받아쳤다.

"응? 뭐… 정신없어서 대체 뭘 들었는지도 가물가물하군."

"하긴, 처음엔 다 그래. 하나씩 알아가면 되는 거지, 뭐."

"교육에서 수트람에 대해 이야기를 했나 보지?"

치호가 은근슬쩍 수트람에 관해 묻자 사내가 술을 한 잔 들이켜며 시원하게 말했다.

"우리 교단의 일원이라면 기본 중의 기본이지. 수트람은 로펠로 님이 머물고 있는 거점의 옛 이름이니까."

"옛 이름?"

"그렇지. 지금은 도메로란 이름으로 불리지만 예전엔 수트람으로 불렸다고 하더군."

치호는 사내의 말에 옅은 웃음을 지울 수가 없었다. 에픽 퀘스트를 해결할 단서를 찾았기 때문이다.

'좋아, 이제야 좀 일이 풀리려나 보군.'

그간 네 번째 필드에서는 퀘스트 해결은커녕 이상한 일에 휩쓸려 다니느라 제대로 정보를 얻지 못했는데 이제야 제대로 된 정보를 얻은 것만 같았다.

치호는 가만히 사내의 말을 듣고만 있었다. 괜스레 다른 말이라도 했다가 대화의 주제가 다른 곳으로 흐르면 곤란하니 잠자코 그의 말을 받아주기만 했다.

"아무튼 로펠로 님이 그곳을 거점으로 마련한 후 그곳을 '도메로'라고 부르기로 한 모양이야. 뭐… 말로는 '수트람'이 잊혀진 이름이니 새 시대의 새 이름이라나 뭐라나?"

"그랬군. 한마디로 지금 로펠로 님이 있는 곳이 '수트람'이란 소리군."

치호는 로펠로에게 '님' 자를 붙이는 게 거슬렸지만, 상황상 어쩔 수 없었기에 맞춰주는 수밖에 없었다.

한동안 그렇게 사내의 말에 맞장구를 치며 대화를 하자 슬슬 사내가 또 다른 이야기를 꺼내기 시작했다.

"그런데 말이야, 이건 뜬소문인데, 로펠로 님이 그곳에서 무엇인가를 찾고 있다는 소문도 있어. 그래서 일부러 '수트람'이란 이름도 버리게 했다는 거지."

"무언가를 찾아? 로펠로 님이 찾을 게 뭐가 있지? 지금도 부족한 게 없을 텐데 말이야."

"맞아, 그래서 우리도 뜬소문이라고 생각은 하지만… 도메로의 테스터 중에는 수색 병력이 따로 있다는 것 같더라고."

치호는 사내의 말에 의문이 들었지만, 일단은 신경 쓰지 않았다. 어차피 '수트람'에 도착하면 어떤 식으로든 퀘스트

메시지가 뜰 것이니 미리부터 걱정할 필요가 없었다.

"뭐… 그런 거야 로펠로 님이 알아서 하시겠지. 그나저나 그 도메로는 어디에 붙어 있는 거야? 지도상에는 표기도 안 되어 있던데, 혹시 어디인지 알고 있나?"

"허, 이 친구 참, 대체 지금까지 뭘 배운 건지……."

"한잔하지. 뭐 그럴 수도 있지, 그런 걸 가지고 타박이야?"

치호는 자연스럽게 분위기를 흘리며 별것 아닌 것 같이 분위기를 만들어 천천히 사내에게 정보를 뽑아내기 시작했고, 사내 역시 술이 들어가서인지 대수롭게 여기지 않고 치호에게 정보를 술술 말하기 시작했다.

"크으, 좋구만. 로펠로 님이 계신 곳이 지도에 나와 있으면 그게 말이 안 되는 거지. 크크크."

"타 세력 때문인가?"

"얀셴이나 콴 녀석들도 문제지만 특히 여신 교단 놈들 때문에라도 더 그렇다니까."

"흠, 로펠로 님을 직접 만나 뵙고 싶었는데 여의치 않겠군."

그런 치호의 말에 사내가 호탕하게 웃으며 말했다.

"하하하, 자넬 보고 있자면 어째 내가 처음 로펠로 님의 산하에 들어왔을 때가 기억나는군. 내 옛날 모습하고 빼다 박았어."

"어? 그럼 로펠로 님을 직접 본 적이 있단 말인가?"

"후후, 당연하지. 자네가 아주 사람을 잘 찾아왔군그래."

사내는 자신의 과거 이야기를 한참이나 하면서 향수에 젖었고, 그때 당시 로펠로의 거처를 알아보다가 첩자로 몰린 적도 한두 번이 아니었다고 한다.

그런 치호의 모습을 보면서 자신의 과거와 비슷해서 동질감이 느껴진다는 등의 헛소리까지 하는 걸 보면 사내도 술이 들어가자 취기를 이기지 못하는 것 같았다.

"내가 특별히 말해주는 거야. 잘 들어. 한 번만 이야기해 줄 테니까."

"감질나게 언제까지 기다리게 할 거야? 어서 말해봐."

"베로나에서 정북으로 가다가 '테마탄'이란 거점에서 동쪽으로 일주일 정도를 걸으면 그곳에 거점이 있는데 그곳이 바로 '도메로'야. 그곳에서 죽치고 있다 보면 아마도 로펠로 님을 만날 수 있을 거야. 크크크."

치호는 밤새도록 녀석과 술 상대를 해주고 겨우겨우 로펠로의 위치를 알아냈다. 녀석도 술을 먹다가 지쳤는지 그 말을 끝으로 테이블에 쓰러져 잠이 들었다.

'후, 납치해서 불게 만드는 게 빨랐으려나? 아니지, 어쨌든 정보를 얻었으니 소란 피울 필요는 없지.'

치호는 시간이 꽤 오래 걸리긴 했어도 어느 정도의 정보를 얻었기에 만족스러운 기분으로 안내 데스크를 나섰다.

안내 데스크에서 생각보다 많은 정보를 얻은 것이다.

'그나저나 이 거점은 너무 보안 의식이… 허술한 것 아닌가? 이 거점만 그런 건가, 아니면 로펠로 측 세력이 이런 건가? 나와는 좀 다르군.'

만약 자신이 로펠로 정도의 종교 세력을 가지고 있었다면 정보를 철저히 통제할 것이다.

정보를 통제하고 사상 통제에 필요한 정보만을 제공하는 게 기본이기 때문이다.

하지만 이 베로나에서는 그런 기색 없이 자유로이 서로 정보를 교류하는 모습이 재미있게 느껴졌다.

'로펠로라는 자를 꼭 만나고 싶어지는군. 대체 무슨 생각인지 알 수가 없어.'

치호는 어느새 밝아온 하늘을 보며 천천히 중앙 광장으로 이동하기 시작했다.

밤새 술을 마시느라 지금 어디서 눈을 붙이고 가기엔 약속 시간에 늦을 것 같았기 때문이다.

걸음을 재촉해 중앙 광장에 도착하자 벌써 대진을 비롯한 일행이 모여서 정보를 나누고 있었다.

"오, 왔군. 이리 와서 좀 기다리자고. 배식이 시작되려면 시간이 좀 남았으니까."

"으, 술 냄새. 무슨 술을 그렇게 마신 거예요?"

"치호 아저씨도 술을 마시긴 하네요?"

치호의 몸에서 술 냄새가 나자 각각 다른 반응을 보였지만 치호는 피식 웃으며 대답했다.

"정보를 얻으려면 하고 싶은 것만 할 수 있나."

그런 치호의 대답에 대진이 잽싸게 물었다.

"그래서 뭐 좀 얻은 것 좀 있어? 나도 꽤나 알아왔는데 말이야."

"호오, 그래? 일단 내가 획득한 정보부터 말해주지."

네 사람은 각자 얻은 정보를 서로 맞추어보기 시작했다. 각자 얻은 정보를 맞추어보며 잘못된 정보를 걸러내는 작업을 시작한 것이다.

그러기를 한참.

메이가 허탈한 목소리로 말했다.

"아니, 이럴 수가 있어요? 대체 여기 사람들은 왜 이렇게들 순진해요? 진짜 필드의 테스터가 맞아요?"

"나도 이런 경험은 처음인데… 치호, 어떻게 생각해?"

각자의 정보를 맞추어본 대진과 메이는 허탈한 목소리로 말했고, 미소는 그저 치호의 말을 기다리고 있다.

하지만 치호 역시 이 상황을 어떻게 단정 지을 수가 없었다.

'네 사람이 가져온 정보가 모두 동일하다? 이게 진실일 수도 있지만… 통제된 정보라면? 후, 골치 아프군.'

어찌 된 것이 네 사람이 가져온 정보가 모두 동일했기 때문이다.

만약 진실한 정보라면 너무 쉽게 얻은 것이고, 그렇지 않다면 함정에 빠질 수 있어 고민하기 시작한 것이다.

"누군가 쫓아오거나 미행하는 기색은 없었지?"

"물론이죠. 제가 확실히 확인했어요."

"맞아. 그런 기색은 전혀 느낄 수 없었어. 속이는 것 같지도 않고 말이야. 내 생각에는 진실인 것 같은데 말이지. 어떻게 해야 하는 거지?"

미소가 먼저 자신 있게 말하자 대진 역시 확실하다는 듯 뒤따라 말을 했다.

그런 두 사람의 반응에 치호도 고개를 끄덕였다. 자신 또한 진실이라고 생각하고 있기 때문이다.

"골치 아프군."

"그러게 말이야. 그냥 정보를 믿으면 간단한 일이지만… 필드에서 그런다는 게… 크흠."

"이런 경우는 또 처음이네요. 정보가 정확한 것 같아서 불안한 경우는 말이에요."

일행이 각자의 의견을 이야기했지만 딱히 답은 나오지 않왔다.

그때 대진이 분위기를 환기하며 이야기했다.

"자자, 그러지 말고 일단 식사부터 하고 계속하자고, 어제부터 제대로 못 먹었더니 머리도 잘 안 돌아가는 것 같은 느낌이야."

"에휴, 그래요. 일단 식사부터 해요."

"그나저나 오랜만에 제대로 된 음식을 먹을 수 있나 했는데… 배식이라니, 제길."

의견을 나누다 보니 어느새 식사 시간이 된 것이다. 일행이 모여 있던 중앙 광장은 어느새 식사를 받으러 몰려온 인파가 늘어나고 있었다.

"휘유, 오늘 안에는 받을 수 있겠지?"

"그래도 그만큼 줄이 빨리 빠지네요. 조금만 기다리면 될 것 같아요."

"치호랑 미소는 자리를 맡고 있어. 식사는 우리가 받아올 테니까. 그렇지 않으면 서서 먹게 될지도 몰라."

"그러지."

대진과 메이는 식사를 받기 위해 줄을 섰고, 치호와 미소는 자리를 잡고 앉아 기다리기 시작했다.

그리고 얼마 지나지 않아 돌아온 대진이 호들갑을 떨며 입을 열었다.

"이햐, 이것 보라고. 배식이라고 해서 나 군대 있을 때 짬이나 생각했는데 말이야. 여기 장난 아닌데?"

대진이 가져온 식사는 예상 이상으로 호화스러웠다. 김이 모락모락 나는 것하며 고기 위에 뿌려진 소스에서 느껴지는 윤기까지 흠잡을 데 하나 없는 요리였다.

무료로 제공되는 배식이라고는 생각할 수 없을 만한 퀄리티였기에 네 사람 모두 놀랄 수밖에 없었다.

"이 정도 식사가 나오니 사람들의 표정이 밝은 것도 어느 정도 이해가 되네요."

"근데 로펠로란 녀석은 어떻게 이런 식으로 거점을 운영할 수 있는 거지? 납득이 안 되는군."

"아무럼 어때요. 일단 먹자구요."

치호를 제외한 세 사람이 음식에 대해 칭찬하고 있을 때 치호만이 음식을 보고 옅은 미소를 지었다.

'이런 빤한 수작이라니… 로펠로 녀석, 생각하던 것과 다르게 저질이군.'

대진과 메이가 음식을 가져오자 치호의 눈에 메시지가 보인 것이다.

치호가 가진 스킬 〈운명의 동아줄〉로 인해 음식에 대한 정보가 떠올라 있었다.

[데보카람의 악마손—복용자의 정신을 약화시키고 판단력을 저해합니다. 강한 중독성을 가진 약초로 강한 진정 작용과 함께 각성 효과를 가지고 있고 특별한 환자에게 제한적으로 사용해야 합니다.]

[피로베른의 눈물 꽃—복용 시 강한 행복감을 느끼게 합니다. 중증 우울 장애나 강한 PTSD 증상을 보이는 환자에게 예후를 살피며 조금씩 처방하는 것을 원칙으로 합니다.]

[제비아의 구속—정신을 약화시켜 세뇌가 필요할 때…….]

*   *   *

대진이 가져온 음식에서 떠오른 정보이다. 〈운명의 동아줄〉과 융합된 〈하만의 마스터 피스〉가 제대로 역할을 한 것이다.

치호는 대진이 음식을 가져온 건지, 약초를 가져온 건지 도저히 분간할 수가 없었다. 그만큼 음식 하나에 떠오르는 메시지가 많았다.

'음식에 약초를 얼마나 처넣었으면 약초 정보가 떠오르는 거지? 아주 대놓고 일을 벌이는군. 자신이 관리하는 거점이

니 문제될 것 없다는 건가?'

몰래 음식에 약을 타는 것이 아니라 대놓고 수작을 부리고 있었다.

이 정도로 많은 약초를 이용했다면 이건 이미 식사라고 부를 수 있는 수준이 아니었다.

그냥 약이라고 해도 무방할 정도의 음식이었다.

그런 음식을 주변에서는 아무런 제지도 없이 맛있게 먹고 있었다.

짜증이 난 치호가 주변을 살펴보고 있을 때, 치호를 제외한 일행은 그것도 모르고 식사를 하는 중이었다.

그런 일행을 본 치호가 재빨리 일행을 말렸다.

"잠깐, 먹지 마."

"응? 왜 그러는 거야? 일단 먹고 하자니까."

"치호 아저씨?"

"메이, 일단 아저씨 말 듣자."

치호의 반응에 처음엔 모두 의아한 반응을 보였지만 치호가 미간을 찌푸리며 고개를 흔들자 뭔가 눈치를 챈 것 같았다.

잠시 분위기를 살피던 치호는 일행에게 확신하듯 말했다.

"아무래도 정보가 사실인 것 같군. 이 음식을 보면 말이야."

"으, 이해할 수 있게 말해줘. 뭐야? 음식에 뭔가 문제가 있는 거야?"

치호가 대진의 말에 고개를 끄덕이며 약초에 관한 정보를 일행에게 말하자 일행의 낯빛이 어두워지기 시작했다.

제3장

로펠로 II

치호가 일행에게 약초에 관해 설명해 주자 모두들 경악을 넘어 분노를 표출했는데, 특히 그중 미소의 눈에서 불똥이 튀고 있었다.

"로펠로란 사람… 나쁜 사람이군요."

이를 악물며 힘겹게 말하는 미소의 목소리에서는 로펠로에 대한 경멸이 묻어났다. 배신, 혹은 남에게 속는 것에 대한 거부감이 잠재되어 있는지 이런 수작을 부리는 로펠로에게 유독 심한 반응을 보이고 있었다.

"허, 치호, 이런 미친 음식을 나누어 주고도 어떻게 소문이 나지 않은 거지?"

"조용히 말해요. 다른 사람들이 듣겠어요."

메이는 두 사람에게 조심하라고 타박하고는 조심스레 치호에게 물었다.

"아저씨, 혹시 뭐 아는 거 있어요?"

메이를 비롯한 다른 일행이 치호가 무어라 말하기만을 기다렸지만 치호에게서 원하는 답은 나오지 않았다. 단지 한참을 고민하는 듯하던 치호가 무언가 깨달았는지 미간을 찌푸리며 일행에게 말했다.

"이런 젠장, 다들 식량은 얼마나 남아 있지?"

"식량이라면… 꽤 남아 있긴 한데 왜 그러세요?"

"다행이군. 지금 즉시 이 거점을 빠져나간다."

"예? 지금요?"

갑작스런 결정에 다들 어리둥절해했지만, 치호가 워낙 단호하게 말했기에 치호의 말을 따르기로 했다.

이유는 거점을 벗어나면 설명해 준다고 하니 지금은 치호의 말을 따르는 게 나을 것 같았기 때문이다.

치호 일행은 숙소로 돌아가지 않고 중앙 광장에서 곧바로 거점의 출구로 향했다.

출구에 거의 도착했을 때 메이가 무언가 생각났다는 듯

치호에게 물었다.

"아, 메단! 치호 아저씨, 메단에게 우리가 떠나는 걸 말해야 하지 않을까요? 걱정할 텐데……."

"신경 쓸 거 없어. 나가서 이야기해 줄 테니까."

"아, 예."

메단을 이야기하는 치호의 목소리가 그리 곱지 않았기에 메이는 눈치를 보며 그저 치호를 따랐다.

분명 뭔가 일어나고 있는 분위기였는데 치호가 답을 해주지 않고 발걸음만 재촉하니 답답할 따름이다.

그럼에도 일행은 치호를 믿고 빠르게 베로나를 나서기 시작했다.

*   *   *

"휘유, 이제 얼추 벗어난 것 같지 않아요?"

"그러게. 난 무슨 일이라도 있을까봐 조마조마했는데 딱히 우리를 제지하지도 않고… 치호, 대체 무슨 일이야?"

대진과 메이는 거점 베로나의 영역을 벗어나자 이제야 안심이 된다는 듯 깊은 한숨을 내쉬며 치호에게 자초지종을 물었다. 치호 역시 베로나에서 멀리 떨어지자 그제야 설명을 하기 시작했다.

"뭐… 내 추측이긴 하지만 생각보다 일이 골치 아프게 꼬일 것 같은데 말이지."

"응? 아까 음식에 약초가 들어간 건 알겠는데… 그건 뭐 어차피 거점 안에서 자기들끼리 지지고 볶고 하는 거니까 딱히 우리와 상관없지 않을까?"

"맞아요. 분명 화나는 일이긴 하지만 애초에 교단에 투신하려고 거점 안으로 들어간 거니까… 누굴 원망하기도 힘들 텐데?"

아무리 생각해도 치호의 행동이 이해가 되지 않았다. 식사에 약이 들어간 것은 화가 나는 일이지만 그렇다고 해서 이렇게 서둘러 나올 필요가 있었는지 납득을 하지 못하는 눈치였다.

그런 대진에게 치호가 고개를 가로저으며 말했다.

"아까 우리가 모은 정보, 하나도 틀림없이 모두 일치하는 게 이상하다고 했지?"

"응? 정보 말이야? 그래, 이렇게 모두 일치하는 정보는 오히려 거짓 정보일 경우가 높으니 조심해야 하는 게 기본이지."

"그래. 일반적이라면 그랬을 테지만 그 정보들, 진실일 가능성이 크다."

치호의 말에 메이가 나서며 물었다. 정보에 관해서는 메이 역시 관심을 쏟고 있는 분야이기에 궁금증이 든 것이다.

"에? 음식에 약을 섞은 것하고 정보가 진실인 것하고 무슨 상관인데요?"

"내 추측일지도 모르지만, 어쩐지 정보를 쉽게 준다 싶었지. 그런데 믿는 구석이 있는 거야. 아니, 믿는 구석이라기보다 아예 정보 유출에 대해 신경 쓰지 않는 거지. 그럴 수가 없으니까."

"그 말은 그 약초들이……?"

"그래."

치호의 말에 메이도 무언가 감을 잡았다는 듯 격앙된 목소리로 말을 하기 시작했다.

"한마디로 음식만 먹으면 첩자든 뭐든 관계없이 세뇌할 자신이 있다는 건가요?"

"내가 예상하기로는 말이지."

"허, 대단하네요."

치호는 식사에 담긴 약초 정보를 본 순간 거점 베로나에 의문을 품은 것이 모조리 해결되는 듯한 느낌을 받았다.

처음부터 허술하던 경비, 나사가 하나 빠진 듯한 테스터들의 표정, 허술한 정보 관리 등 베로나는 여타의 거점과는 사뭇 다른 분위기에 대한 해답을 찾은 것이다.

즉 식사에 포함된 약의 정보라면 모든 게 이해가 되었다.

첩자가 들어온다 하더라도 식사를 통제하고 있는 베로나에서는 결국 자신의 편으로 돌아설 수밖에 없는 환경을 조성해 둔 것이다. 그러니 그렇게 관리가 허술하게 느껴진 것이고 말이다.

그 말을 들은 치호 일행은 입을 다물지 못했다.

잠시 침묵이 감돌았을 때, 미소가 무언가 떠오른 듯 탄성처럼 한 사내의 이름을 내뱉었다.

"메단!"

미소가 언급한 자는 일전에 여신 교단에서 안내역으로 소개받은 이였다.

만약 치호의 말대로라면 메단 역시 식사를 섭취했을 터, 이미 죽음 교단으로 전향했을 가능성이 높았다.

그런 미소의 외침에 치호가 고개를 끄덕였다.

그러기를 잠시, 치호가 무엇인가 감지한 듯 고개를 들고 주변을 살피더니 누군가를 향해 외쳤다.

"어때, 내 말이 맞나?!"

갑작스레 외치는 치호의 행동에 일행은 일순 각자의 무기에 손을 올려 경계 태세를 취했다. 치호가 저런 행동을 할 때는 무언가 감지했을 때라는 것을 이미 알고 있기 때문이다.

하지만 치호의 목소리에 응하는 기척이나 음성은 들리지

않았다. 치호가 다시금 외쳤다.

"쓸데없이 기운 빼지 말고 내 말에 답을 해줘야지, 메단?"

치호의 마지막 말에 일행은 일순 치호를 바라보았지만 이내 이를 꽉 깨물었다.

메단의 목소리가 들려왔기 때문이다.

"이햐, 역시 '영광의 기록서'라는 게 허튼소리는 아닌가 봅니다. 이렇게 눈치가 빠른 걸 보면 말이죠."

치호가 응시하고 있는 방향에서 메단이 천천히 걸어나왔다. 숲속의 응달진 부분에 교묘하게 몸을 감추고 있던 것이다.

일행에게 나서는 메단의 태도는 일전의 긴장하던 모습은 온데간데없이 사라지고 건방지기 짝이 없는 걸음으로 걸어나왔다.

그런 메단의 뻔뻔한 태도에 미소가 격한 목소리로 말했다.

"야, 이 찢어서 죽일 새끼야! 감히 우리를 속여? 넌 반드시 내 손에 죽는다, 메단!"

"허어, 얼굴이 반반하길래 헛소문인 줄 알았더니 역시 광녀란 말이 딱 어울리는군요."

"그래서 네가 보태준 거 있어? 너 같은 새끼들 때문에 내가 이러는 거야, 이 개 같은 새끼야!"

오랜만에 미소가 시원하게 메단에게 욕지기를 쏟아 붓기

시작했고, 그 모습을 보는 대진과 메이는 속 시원하다는 듯 미소 짓고 있었다. 하고 싶은 말을 미소가 대신, 아니, 더 속 시원하게 하고 있었기 때문이다.

"흐음, 역시 미소 씨하고는 긴 대화가 힘들군요. 아무튼 여러분은 여기서 죽어주셔야겠습니다."

메단의 자신감 넘치는 말에 치호는 어처구니가 없었다. 대체 무슨 자신감으로 저렇게 말하는지 납득이 안 갔기 때문이다.

"죽어야 한다? 이유는?"

치호의 물음에 메단이 별것 아니라는 듯이 이야기했다.

"뭐… 별거 있겠습니까? 여신 교단과 다른 세력에게 정보를 흘리지 않기 위해서지요."

"정보라? 그렇다면 일전에 거점을 찾아오는 인물을 인도하기 위해서 순찰을 돌고 있다는 페오의 말도 헛소리인가?"

"헛소리라고 할 것까지야 있습니까? 겸사겸사이지요. 간혹 눈치 빠른 사람들 때문에 벌어질 불상사를 미연에 방지하기 위해서지요."

가만 보니 그때 순찰을 돌고 있는 인원이 꽤 많다고 생각했는데 주목적이 그것만은 아닌 것 같았다.

베로나에서 음식에 대한 정보를 눈치채고 도주하려는 자들을 추살하려는 목적이 더 컸던 것이다.

치호가 페오와 죽음 교단에 대해서 생각할 때 메단이 계속해서 말을 이었다.

"특히나 여신 교단을 일망타진할 기회가 점점 다가오는데 쓸데없이 변수를 늘려서야 되겠습니까?"

"허어, 아주 얕보였나 보군. 우리가 말이야."

"얕보이고 말고를 떠나서 '영광의 기록서'에 등재됐다느니 '신탁의 주인'이라느니 하는 꼬락서니가 영 보기 껄끄러워서 말이죠. 당신네들도 결국 피육으로 덮인 인간인데 말입니다."

메단이 구태여 여신 교단에서 치호를 대하는 모습을 다시 한번 언급하는 걸 보면 아니꼽던 모양이다. 하지만 치호는 그런 모습에 피식 웃으며 메단을 도발했다.

"뭐… 꼭 능력 없는 녀석들이 그런 소릴 잘 지껄이지. 그렇게 말해놓고서 나중엔 살려달라느니 하는 헛소리나 지껄이더라고."

"호오, 그랬더랬습니까? 저 같은 경우는 반대였는데요. 그럼 둘 중 하나는 분명 거짓말을 하는 게 틀림없군요."

"그건 시간이 지나보면 알겠지."

치호와 메단이 대화하는 도중에 치호의 〈광인의 영역 선포〉로 감지되는 인물이 점점 늘어나고 있었다. 기본적으로 느껴지는 기척만 해도 200 이상. 하지만 지금도 계속 몰려들고 있는 걸로 보아 단 네 사람을 처리하기 위해 부대 단위가 움직인 것 같았다.

메단은 지금 몰려들고 있는 인원에 기세가 등등한 것 같았다. 하지만 치호는 그런 모습을 보며 실소를 지을 수밖에 없었다.

"그런데 메단, 너 말이야. 기록서에 등재된 인물을 한 번이라도 만나본 적 있나?"

"뭐… 기껏해야 테스터들 중에 조금 더 강한 자들 아니겠습니까? 뭐 말도 안 되는 소문이 돌기도 하는 것 같습니다마는… 뭐 필드에서 과장되는 일이야 한두 번도 아니니 신경 쓸 일은 아니지요."

"그랬군. 그랬어."

치호는 고개를 절레절레 흔들며 메단에게 말했다.

"그 안일함이 너를 죽일 거다."

"끝까지 약한 소리는 않는군요. 더 이상 길게 말할 필요 없지요. 시작하세요!"

메단의 말이 끝남과 동시에 치호와 일행을 포위하고 있던 이들이 행동을 개시하는 것 같았고, 치호 역시 스킬을 준비했다.

그 순간 대진이 자신 있게 나서며 말했다.

"드디어 내가 나서 차례로군. 치호, 잘 보라고. 이 기술을."

옛날 같았으면 도망가자느니 몸을 빼자느니 호들갑을 떨

었을 대진이지만 지금은 사뭇 다른 모습이다.

오히려 자신 있게 그들을 향해 스킬을 외친 것이다.

"악마의 꼬리!"

대진은 치호가 나서기도 전에 먼저 나서서 스킬을 외쳤다. 지금까지 기회만 노렸다는 듯 새로 획득한 스킬을 발동시킨 것이다. 스킬을 외치자 대진이 들고 있던 채찍이 부르르 떨리는 것 같더니 이내 붉은 기류가 대진의 채찍을 감쌌다.

"잘 봐, '영광의 기록서'에 이름을 올리기 위해 개고생해 가며 얻은 기술이 어떤 건지."

대진은 자신 있게 말하고는 붉은 기운을 뿜어내는 채찍을 그대로 땅에 박아 넣었다.

채찍임에도 불구하고 대진이 원하는 대로 움직이는 모습이 마치 살아 있는 생물처럼 느껴졌고, 그런 기술의 위력을 충분히 볼 수 있었다.

"악! 이게 뭐야?"

"끊어지지가 않아!"

"으, 으악! 이게 타고 올라오는데? 갑자기 이게 어디서 나난 거야?"

땅에 박아 넣은 채찍이 몰려들고 있는 테스터들의 발밑에서 솟아올랐다.

땅에서 솟구쳐 오르는 채찍은 한 개가 아니었다. 수십 개의 채찍이 마치 짐승의 꼬리처럼 땅에서 솟아올라 메단이 끌고 온 테스터들을 속박했다.

게다가 〈악마의 꼬리〉 효과는 거기서 끝이 아니라는 듯 채찍에서 올라오는 붉은 기류가 테스터들을 괴롭히기 시작했다.

"끄아악! 뜨, 뜨거워!"

"이것 좀 제발 끊어줘! 내 다리가!"

"사, 살려줘! 끄… 극."

채찍은 땅에서 솟아올라 테스터들을 속박했고, 거기에 대진이 가지고 있던 고유 속성인 불의 기운까지 추가되어 강한 열기로 테스터들에게 심각한 화상을 입히는 것 같았다.

즉 끊어지지도 않는 불의 채찍이 메단이 끌고 온 테스터들을 옴짝달싹 하지 못하게 만들고 있는 것이다.

게다가 지금 땅에서 솟아오른 채찍의 숫자만 해도 수십에 달했다. 그런 채찍들이 살아 있는 것처럼 움직여 테스터들을 구속하는 모습은 언뜻 기괴해 보이기까지 했다.

"좋아, 제대로 먹혔군. 어때, 이 정도면 쓸 만하지?"

대진은 자신의 기술에 꼼짝 못하는 메단의 테스터들을 보면서 자랑스럽다는 듯 말했다. 하지만 메이는 그 모습을 보고 마치 못 볼 걸 보았다는 듯이 얼굴을 구겼다.

"으, 아저씨, 기술 효과가 확실히 뛰어나긴 하지만 이건 좀 그렇지 않아요?"

"뭐가 어쩌고 어째? 이 계집애가!"

"아니, 솔직히, 으, 징그러. 내가 아저씨가 채찍을 주 무기로 쓸 때부터 알아봤어요. 안 그래요, 언니?"

"응, 좀 기술이, 음, 좀 그렇지 않나?"

땅에서 솟아오른 수십 개의 채찍이 테스터들을 쫓아 속박하며 그대로 조이는 모습은 그리 보기가 좋지 않았다.

기술의 위력을 떠나서 마치 수십 마리의 뱀이 땅에서 솟아 움직이는 듯한 모습에 여자인 두 사람은 얼굴을 찌푸렸다.

그런 두 사람의 모습에 대진이 격정적으로 열변을 토했다.

"아니, 기술이 멋있으면 뭐 해! 위력이 좋아야지! 하여튼 겉멋만 들어서는! 잘 보라고! 저들이 꼼짝을 못하잖아!"

메단의 테스터들이 치호 일행에게 달려들지 못하고 있는 것을 보면 분명 대진의 기술은 그 어떤 테스터의 공격보다 위력적인 것은 확실했다.

한데 메이와 미소가 예상한 반응과 달리 시큰둥한 모습을 보이기에 화가 난 것이다.

그런 모습을 보다 못한 치호가 분위기를 다잡으며 말했다.

"아주 좋아. 위력도 그렇고 앞으로 운용하기에 따라 전술적 효과도 뛰어날 것이 틀림없군. 이렇게 한가롭게 있을 시간 없다. 대진이 녀석들을 속박하고 있을 때 얼른 마무리 짓는다."

"으… 네, 넵!"

"알았어요!"

치호가 대진의 편을 들어주자 대진이 흐뭇한 표정을 지으며 치호에게 말했다.

"역시 치호는 알아보는군. 실전 기술은 모습이 어떻든 강하기만 하면 그만이지."

"일단 살고 봐야 하니까."

"크흐! 역시 내가 이래서 치호를 좋아한다니까. 아무튼 어서 마무리 짓자고."

메이와 미소는 이미 녀석들을 향하고 있었고, 그 모습을 본 치호도 스킬을 발동하기 시작했다.

〈광인의 영역 선포〉에 의해 감지된 테스터들의 숫자가 아직도 많이 남았으니 부지런히 움직여야 할 것 같았다.

"투사의 발걸음! 98인의 악몽!"

치호가 녀석들에게 쇄도하는 동시에 악몽들이 소환되어 치호의 그림자처럼 따라붙기 시작했다.

악몽들은 치호가 따로 명령을 하지 않았지만 적들을 향해 쇄도하여 속박된 메단의 테스터들을 처리하기 시작했다.

"끄악! 뭐야! 갑자기 이놈들은 어디서 나타난 거야?"

"메단! 우리를 속인 거냐?!"

"이 망할 놈의 것은 끊어지질 않는 거야, 왜!"

여기저기서 비명이 들리기 시작했고, 악몽들의 무자비한 손길이 한 번 움직일 때마다 테스터들의 단말마가 전장을 채웠다.

땅 아래에서는 대진의 채찍이 솟구쳐 그들을 옭아매고 땅 위에서는 악몽과 치호의 일행이 테스터들의 목숨을 추수라도 하듯 수확하고 있는 것이다.

"으으, 다리를 끊어버려!"

"죽음의 축복을 얻을 수 있는 기회다! 자랑스럽게 죽음을 맞이하라! 물러서는 자는 축복을 얻을 수 없으리!"

"끄악! 포션… 포션을 줘!"

"나도… 나도 잘라줘! 이 빌어먹을 다리를!"

본격적으로 치호 일행이 공격에 나서자 메단의 테스터들 역시 격한 반응을 보이기 시작했다.

처음 〈악마의 꼬리〉로 인한 속박과 함께 불의 속성 공격을 당했을 때는 갑작스러운 상황에 당황한 듯 싶었지만, 동료들이 하나둘 목숨을 잃기 시작하자 정신이 든 것 같았다.

"크윽, 로펠로 님의 영광을 위하여!"

"죽음의 축복은 쟁취하는 것이다!"

"가자! 이 배덕자들을 처단하라!"

메단이 데리고 온 테스터들은 마치 이 전장에서 목숨을 바치면 축복을 얻을 수 있다는 듯 제 몸을 사리지 않고 공격하기 시작했다.

그들은 속박되어 있는 자신들의 몸 일부를 스스로 끊어내고 얼마 남지 않은 생명의 불꽃을 태워가며 공격을 감행했다.

그들의 행태에 일순 전장은 피로 물들었고, 마치 현세에 지옥이 펼쳐진 것 같은 모습을 그리기 시작했다.

팔이 잘리고 다리가 잘린 이들이 이를 악물고 치호 일행에게 달려든 것이다.

하지만 그런 그들의 악귀 같은 기세도 잠시, 치호 일행에게는 그보다 더한 존재들이 있었다.

악몽들.

악몽들이 그들 앞에 나서는 순간 테스터들의 말문이 막혔다. 마치 죽음을, 그들이 말하는 축복을 거부한 것 같은 그들이 나섰기 때문이다.

"이, 이게 뭐야!"

"죽지를 않아! 으악!"

"도, 도망가! 이 녀석들에게 죽으면 영원히 저주받을 거야!"

"미친, 이런 존재가 있다는 건 들어본 적도 없다고!"

악몽들은 테스터들의 공격을 직접 받아내면서도 눈 하나 깜짝하지 않았다.

그들의 공격을 묵묵히 받아내며 테스터들의 목숨을 취해가는 모습은 더욱 공포스럽게만 느껴졌다.

"도망가지 마라, 이 멍청이들아! 저런 존재는 존재할 수 없는 법! 그저 환술, 아니, 환영 계열의 스킬이 틀림없어! 어서 밀어붙여! 고작 네 명이란 말이다! 고작 네 명 때문에 도망가다니!"

메단은 지금 벌어지고 있는 이 현상이 이해가 되지 않았다. 갑자기 나타난 원주민 차림의 녀석들도 이상했고, 고작 네 명을 처리하지 못해 우왕좌왕하는 모습도 납득이 되지 않았다.

더욱이 원주민 모습을 한 녀석들은 죽지도 않고 금세 회복해 다시 달려드니 도무지 현실처럼 느껴지지 않았다.

메단이 분위기를 쇄신하기 위해 목이 터져라 외쳤지만, 그 목소리는 테스터들에게 닿지 않는 것 같았다. 이 전장을 빠져나가려는 이들로 가득했기 때문이다.

"어서 도망가! 이건 내가 원하는 전장이 아니라고!"

"미친……. 저런 저주받은 존재가 있다니……."

"여기서 죽으면 축복을 얻지 못할 거야! 도망가!"

로펠로의 세력은 원래 몸을 사리지 않고 전장에서 지옥의 악귀처럼 싸우는 것이 특징이었으나 그런 특징은 치호가 함께한 전장에서는 제대로 발휘되지 못했다.

악몽들에게 죽으면 축복을 받지 못할 것이라는 근거 없는 분위기가 전장을 장악했기 때문이다.

평소 로펠로 세력의 테스터들이 전장에서 몸을 사리지 않고 싸우는 이유는 '죽음 이후 축복'이라는 대명제가 있어서 가능한 것이었다.

하지만 치호의 악몽들이 역설적으로 그들에게 공포로 다가온 것이다.

치호 일행에게 있어 그런 분위기는 전투를 더욱 손쉽게 해나가게 해주었고, 메단의 테스터를 거침없이 몰아붙이기 시작했다.

"으, 머저리들아! 도망가지 말라고! 돌아와!"

메단은 점점 불리해지자 발악하듯 외쳤다. 그런 메단 앞에 메이가 나서며 말했다.

"메단, 엄청 시끄럽네요. 일단 좀 닥치고 있어! 붕(崩)!"

메이는 메단의 목숨을 바로 취하지는 않았다. 전투가 끝난 후 메단과 진술한 대화를 해봐야 할 것 같기에 힘을 조절해 공격했다.

"끄… 윽! 커헉!"

메단은 온몸의 장기가 흔들리는 것 같은 지독한 고통에

일순 멀어지는 정신을 잡지 못하고 그대로 풀썩 쓰러지고 말았다.

"치호 아저씨! 일단 메단은 사로잡았어요!"

"잘했다!"

메단을 사로잡았다는 메이의 말에 치호가 테스터들에게 들으라는 듯 거칠게 외쳤다.

"메단은 처리했다! 더 이상 적대 행위를 하지 않는다면 목숨은 살려주겠다! 하지만 계속 전투를 원한다면 상대해 주마!"

치호의 목소리는 전장 구석구석까지 들릴 만큼 쩌렁쩌렁하게 울렸고, 메단이 사로잡혔다는 소식은 테스터들에게 결정적으로 작용하는 것 같았다.

"제, 제길! 튀어!"

"빠져! 모두 후퇴한다!"

"이 사실을 거점에 알려야 해! 말도 안 되는 존재가 나타났어!"

"저주받은 존재에 대해 알려야 해!"

그들은 치호의 말이 끝나자마자 썰물 빠지듯 흩어지기 시작했다.

메단은 이미 그들의 기억 속에서 잊힌 듯했고, 치호 역시 그들을 구태여 쫓지 않았다.

이렇게 압도적인 힘의 차이가 나는데 그들의 목숨을 억지로 취하는 것은 그다지 기분 좋은 일이 아니었기 때문이다.

"후우, 치호 아저씨! 녀석들을 쫓아야 하지 않을까요?"

"아니야. 이 정도면 됐다."

"하, 하지만……."

흥분한 표정의 미소가 치호에게 다가와 도망가는 녀석들을 모조리 처리해야 한다고 말했지만, 치호는 그런 미소를 말렸다.

저항할 의지가 없는 자를 공격하는 것은 마음에 들지 않았다. 그런 치호의 태도에 미소는 크게 심호흡을 하더니 이내 스스로를 가라앉히며 말했다.

"후우, 죄송해요. 저도 모르게 흥분했나 봐요."

"아니, 괜찮아. 이 정도만 해도 많이 발전한 거지. 조급해하지 마. 충분히 잘해내고 있으니까."

"그, 그럴까요? 후우, 제가 도를 넘으면… 아저씨가 좀 말려주세요. 알았죠?"

"그래, 걱정하지 마라."

미소도 스스로가 너무 흥분해 예전의 전투 습관이 고개를 든 것을 깨달았는지 스스로를 가라앉히기 시작했다. 치호가 그런 미소를 대견하게 바라볼 때 대진과 메이가 다가왔다.

그런 대진의 손에는 한 사람이 질질 끌려오고 있었다. 마치 깊은 꿈이라도 꾸고 있는 듯한 표정의 그는 메단이었다.

치호는 그런 메단을 차갑게 내려다보며 대진에게 말했다.

"깨워."

치호의 말에 대진이 고개를 한 번 끄덕이고는 채찍을 손에 꽉 움켜쥐었다.

제4장

로펠로 III

짜악!

"으, 으헉!"

대진은 치호의 말에 사정없이 채찍을 내려쳤다. 채찍을 휘두를 때의 소리가 듣는 사람이 움찔할 정도로 크게 난 것에 비해 채찍을 맞은 메단이 크게 다치지 않은 것으로 보아 힘 조절이 가능한 것 같았다.

"메단, 정신이 든 것 알고 있으니까 어서 일어나지?"

"……."

"그래? 어쩔 수 없군. 이번엔 좀 아플 거야."

대진이 아무런 대답이 없는 메단을 뒤로하고 다시금 채찍을 들어 올리려고 할 때 메단이 다급하게 일어서며 말했다.

"이 망할 놈들!"

"그러게 빨리빨리 일어나면 좋잖아. 치호, 녀석이 깨어났어."

"메단, 우리 할 이야기가 많을 것 같은데, 안 그런가?"

"닥쳐라! 이 버러지 같은 놈들! 실체도 없는 여신 따위에게 얽매여 현실도 제대로 보지 못하는 놈들이 어디서 감히 내게!"

메단은 치호 일행에게 둘러싸인 불리한 상황에서도 기죽지 않고 고래고래 소리를 지르며 발악을 하기 시작했다.

내용의 대부분은 여신의 교단을 욕하는 것이었고, 현실을 직시하라는 등의 헛소리가 주를 이루었다.

"메단, 이제 할 말은 다 끝났나? 이제 내가 물어볼 차례군."

"헉헉, 네놈들 같은 머저리들에게 할 말은 없다. 깔끔하게 죽여. 크크크! 왜, 내가 죽음으로 축복 받을까봐 죽이지도 못하겠나? 이 겁쟁이들."

"쓸데없는 도발은 그만하지? 죽이지 않고도 죽음보다 더한 고통을 줄 수 있는 방법은 많으니까."

치호는 자꾸 메단이 헛소리를 하자 더 이상 녀석의 말을 들어주기가 귀찮았는지 슬쩍 살기를 풀어 메단에게 집중했다.

실제로도 치호의 경우 고문을 비롯한 다양한 방법을 통해 메단에게서 정보를 알아낼 수 있었지만 겨우 이런 녀석 때문에 그런 수고를 하기는 귀찮았다.

하지만 그런 치호의 속마음과 달리 살기를 직접적으로 받은 메단은 자신도 모르게 온몸을 부르르 떨고 있었다.

마치 천적 앞에 선 것처럼 본능적으로 몸이 떨리는 것이다.

"그, 그런 협박에 넘어갈 것 같으냐?!"

치호의 살기를 온몸으로 느낀 메단은 그의 말이 진심처럼 느껴졌지만 호락호락하게 굴복하지는 않았다.

'호오?'

치호는 그런 메단을 보며 재미있다는 듯 미소를 지었다. 메단이 생각보다 강단이 있어 보였기 때문이다. 하지만 그런 치호의 미소를 보는 메단은 죽을 맛이었다.

"그런데 궁금해지는군. 너같이 고집불통인 인물이 어째서 스파이 노릇이나 하고 있는지 말이야. 그 식사에 들어 있는 약초 때문인가?"

"흥, 약초라니, 그건 우리 로펠로 님께서 불쌍한 테스터들을 위해서 특별히 하사하시는 보양 음식이다!"

"특별히 하사하시는 보양 음식?"

치호는 문득 이 고집만 센 머저리 같은 메단이 무슨 소리를 하는지 이해가 되지 않았다. 분명 메단의 태도를 보면 음식에 들어 있는 약에 대해 알고 있는 듯 보였기 때문이다.

"너, 그 음식에 들어 있는 약초에 관해 알고 있나?"

"흥, 당연하지. 우리 로펠로 님께서 특별히 배합하신 약초로 만든 특제 음식이니까. 그 음식만 먹으면 없던 힘도 솟아나고 우울하던 기분도 날아가 행복해지는데. 그것이 바로 다 로펠로 님의 은총이지."

"이런 병신 같은 새끼가!"

치호는 메단의 반응에 문득 화가 치밀어 올랐다. 이 멍청한 놈은 음식의 비정상적인 효과를 알고 있으면서도 눈 가리고 아웅 하는 식으로 현실에서 도망치고 있던 것이다.

하지만 치호는 크게 심호흡을 하며 격앙된 마음을 가라앉혔다. 녀석에게 물어볼 것이 많았기 때문이다.

"그래서 네가 전향하게 된 가장 큰 이유가 바로 그 음식 때문인가? 힘이 솟고 기분이 좋아져서?"

치호는 종교를 바꾼다는 게 상상 이상으로 힘든 일이란 걸 알기에 메단에게 물은 것이다. 메단 정도의 고집이 있는 자라면 여신 교단 내에서도 신앙심이 두터웠을 것이 분명했다.

더욱이 그 정도로 두터운 신앙심을 보였으니 로펠로 세력 측에 첩자로 발탁된 것이다.

그런 메단이 전향한 이유가 음식 하나 때문이라는 건 쉽게 이해가 되지 않았다.

치호의 물음에 메단은 비웃기라도 하듯 말을 이어나갔다.

"흥, 이 메단 님을 어떻게 보고… 가소롭군."

"그러면 다른 이유가 있다는 거냐?"

"물론. 지금도 여신 교단 녀석들에게 속은 걸 생각하면 치가 떨리는군."

"속았다고? 그 이유가 궁금하군."

메단은 치호의 말에 순순히 답을 하기 시작했다. 로펠로에 대한 군사 사항이나 내부 기밀을 묻는 것이 아닌 메단 개인의 신앙에 대한 질문이기에 메단 역시 신나서 답을 하기 시작한 것이다.

"후후, 처음엔 나도 로펠로 님에 세력에 가담하고 나서도 한참을 여신 교단을 위해 일했지. 하지만 결국 내가 여신 놈들에게 속았다는 것을 깨닫는 데는 얼마 걸리지 않았다."

치호는 흥미로운 메단의 말에 잠자코 집중하기 시작했다. 녀석의 말을 괜히 끊고 싶지 않았기 때문이다.

"여신 교단, 말은 좋지. 하지만 그 여신이 실체가 있나? 한 번이라도 우리 앞에 나선 적 있나? 여신은 우리 마음속에 있다고? 언제나 곁에 있으니 여신을 따라야 한다고? 잘 생각해 봐. 어디선가 많이 듣던 말 아니야?"

"지구… 에서의 종교를 뜻하는 거냐?"

"크크크, 그래! 바로 그거야! 나는 착각하고 있던 거야! 이 곳이 필드라는 것을! 그리고 이곳은 지구와 다르다는 것을 말이야!"

메단은 치호가 자신의 뜻을 알아주는 듯 말하자 목에 핏대까지 세우며 흥분해 말을 하기 시작했다.

"지구에서의 신들은 어땠나? 응? 난 필드에서 정신을 차리자마자 기도하고 또 기도했어. 제발 이 지옥 같은 악몽에서 깨어나게 해달라고. 제발 구원을 바란다고 말이야. 하지만 응답이 없었지. 그래도 난 기도했어. 믿었으니까."

"그때 여신의 교단이 나타났다?"

"그래. 퀘스트를 주고 아이템을 주면서 좀 더 강하게, 그리고 이 필드에서 적응할 힘을 주더군. 그래서 난 그때 완벽하게 속은 거야. 나의 기도에 드디어 이런 여신 모습으로 우리에게 구원의 빛을 주는구나 하고 말이지. 크크크!"

마치 피를 토하듯 말하는 메단의 표정은 그 어느 때보다 진지했다. 과거를 회상하며 이야기를 하다 보니 어느새 스스로도 그때 그 감정이 되살아나 격해진 것이다.

"그런데 그 결과는 뭐였을까? 구원이었을까, 아니면 이 지옥에서의 탈출이었을까?"

"…전투와 죽음."

"크크크, 뭘 좀 아는군. 여신이 준 아이템과 힘으로 결국 얻는 것은 괴물들과의 끝없는 투쟁과 지옥 같은 일상의 연속이었지. 게다가 희망을 품고 필드를 넘어가면 넘어갈수록 희망 따위는 보이지 않았어. 왜냐고? 인간이 괴물보다 더한 존재가 되어 있었으니까."

치호는 메단이 하는 말이 어느 정도 이해는 되었다. 자신은 끝없는 세월을 살아온 존재로 그나마 여러 가지 환경 변화에 쉽게 적응하고 오히려 역습을 가할 준비를 할 여유가 있었지만 아무런 준비도 없던 현대인들에게 이 필드는 지옥보다 더한 공간이었을 것이다.

그런 메단의 마음이 인간적으로는 이해가 되었다. 그 때문에 치호는 남몰래 입술을 깨물었다. 그만큼 메단이 안타깝게 느껴졌기 때문이다.

하지만 메단은 그런 치호의 표정을 보았는지 오히려 화를 내며 이야기했다.

"흥, 동정하는 거냐? 하긴 너희들처럼 강한 힘을 가진 녀석들이 우리 같은 이들의 애환을 알까? 크크, 단 한 번도 생각해 본 적 없겠지. 아니, 오히려 이 필드가 더 행복하게 느껴졌을지도 모르지. 아주 너희들 세상이었을 테니까."

그런 메단의 말에 치호는 물론 대진을 비롯한 메이, 미소 역시 아무런 말도 하지 못했다. 그들 역시 일반 테스터보다 압도적인 힘을 가진 이들이었기에 메단의 말이 가슴을 정확하게 찔렀기 때문이다.

"뭐… 좋다 이거야. 다 이해한다 이거지. 각자가 가진 재능은 다 다르니까. 그런데 말이야, 진짜 여신이 있다면 그러면 안 되는 거잖아?"

"안 된다? 무슨 의미지?"

"크크크, 여신이 진짜로 존재한다면 최소한 자신을 따르다 죽은 이들을 위해 애도를 표해야 하는 것 아니야? 하지만 여신 교단을 따르다 죽은 이들에게 남는 게 뭐야? 없어. 단 하나도 없단 말이다!"

"애초에 뭘 바라고 여신 교단을 믿은 건 아닐 텐데?"

"그렇지. 하지만 이곳은 필드잖아. 무슨 일이 일어나도 괜찮을 필드. 그럼 최소한 우리를 이런 곳에 데려다 놓고 지옥을 겪게 했으면 최소한 그 모습이라도, 아니, 그 자비롭다는 그 여신의 목소리라도 한 번은 들려줄 수 있는 것 아니야? 하지만 단 한 번도, 단 한 번도 없었어. 여신 교단에 충성을 다하는 이들이 하나씩, 하나씩 죽어가는 데도 말이지."

메단은 숨도 쉬지 않고 열변을 토해내더니 이내 흥분을 가라앉히고는 계속해서 말을 이어갔다.

"그런데 그때 로펠로 님을 만났지. 로펠로 님은 달랐어. 실체도 없는… 아니, 우리를 이 지옥으로 밀어 넣은 지구의 신들과 전혀 다를 바 없는 여신과는 달랐지. 실존하는 분이었으니까."

"로펠로가 신은 아닐 텐데?"

"과연 그럴까? 난 직접 봤어. 로펠로 님이 우리를 위해 얼마나 희생하는지. 직접 우리를 죽음의 축복으로 이끌기 위해 스스로 죽음을 거부하시고 이 지옥에 남으시는 그 모습을 말이야."

그 순간 치호는 머리가 차가워지는 느낌이 들었다. 메단의 한마디가 정확하게 들어왔기 때문이다.

"죽음을… 거부해?"

"크크크, 네 녀석이 그분의 희생을 알까? 모르겠지. 이 지옥에서 죽음을 거부하고 우리를 이끌어주시는 그분의 자비로운 모습을. 그런 모습을 보고도 어떻게 따르지 않을 수가 있나?"

"죽음을 거부한다? 로펠로를 꼭 만나고 싶군그래. 크크크."

메단의 말에 치호의 분위기가 일순 바뀌었다. 그런 치호의 눈빛을 정면으로 마주한 메단의 말문이 막혔다. 지금껏 필드에서 여러 인간을 만나왔지만 저런 눈빛을 가진 자는 단연

코 만나본 적 없기 때문이다.

"죄, 죄송합……."

메단은 자기가 지금 무슨 말을 하는지 깨닫지 못했다. 도저히 치호의 눈빛을 마주하고는 정신을 유지할 수 없을 정도로 공포감이 밀려온 것이다.

지금껏 격해진 감정과 로펠로를 생각하며 뜨거워진 감정은 순식간에 식어버리고 온몸을 지배하는 공포만이 메단의 몸을 감싸기 시작했다.

이에 메단은 이유도 없이 죄송하다는 말을 할 수밖에 없었다. 지금 자신이 왜 그런 말을 하는 이유도 모른 채 그저 그래야 할 것 같은 기분이 들었기 때문이다.

로펠로를 직접 대면했을 때도 이 정도는 아니었다. 메단은 그저 치호의 눈빛을 바라보았을 뿐인데, 아니, 눈빛을 바라보았다는 것 자체가 죄가 되는 것 같은 느낌이 들어 저도 모르게 사죄를 한 것이다.

치호의 등 뒤에 있던 치호 일행은 갑작스러운 메단의 변화에 적응하지 못하고 말했다.

"응? 저 녀석, 갑자기 왜 저래?"

"음, 머리가 돈 것 아닐까요?"

"하긴 약을 그렇게 많이 먹었으니 온전할 리가 없지."

상황을 잘 모르는 세 사람이 한 마디씩 했지만, 치호는 그

소리를 듣고 퍼뜩 정신을 차렸다. 일순 자신이 과했다는 것을 깨달았기 때문이다. 자리에서 일어난 치호는 메단에게 등을 돌리며 말했다.

"뭐… 어떻게 된 것인지는 잘 알았다. 네 말을 들으니 로펠로란 자를 꼭 만나야겠군."

치호가 등을 돌리자 그제야 메단은 숨을 쉴 수 있다는 듯 크게 호흡을 했고 자신이 뭔가 실수를 한 것 같은 느낌이 들었다. 저 눈앞에 있는 치호라는 녀석과 로펠로를 만나게 해서는 안 될 것 같은 강한 예감이 들었기 때문이다.

"저, 저……."

하지만 메단은 그런 치호에게 제대로 말도 붙이지 못했다. 아직 조금 전의 여파가 가시지 않았기 때문이다.

격정을 토하며 말을 하던 때와는 사뭇 다른 태도였다.

그때 치호가 메단에게 말했다.

"너를 마중 나온 녀석들이 있군."

치호의 말을 끝으로 주변에서 일단의 무리가 치호의 일행을 향해 에워싸며 빠른 속도로 다가오기 시작했다.

잠시 뒤 모습을 드러낸 인물은 여신 교단의 단장 스테인이었다. 스테인이 제일 먼저 모습을 드러내며 상황을 살피기 시작했다.

"이, 이게 무슨 일입니까? 괜찮으십니까?"

스테인은 딱 봐도 대규모 전투가 벌어진 흔적에 다급히 치호에게 다가왔다. 치호가 혹시 어디 다치지는 않았는지 걱정하는 기색이 가득했다.

"메단, 이게 어떻게 된 일이냐? 어서 설명해 보거라."

"…제길."

메단은 그런 스테인을 보며 나지막이 중얼거렸다. 치호와 눈이 마주치기 전이었다면 어떻게 발악이라도 해보았을 테지만 지금의 메단은 그런 모습을 찾을 수 없었다.

그런 메단의 모습에 스테인이 어리둥절하며 치호와 일행을 바라보며 대답을 구했다.

그러자 치호가 스테인에게 물었다.

"스테인, 이곳을 어떻게 찾았지? 일이 벌어진 지 얼마 되지도 않았는데?"

"아, 저희는 항상 베로나를 주시하고 있습니다. 그런데 평소와 달리 대규모 병력이 움직인다는 소식에 저희도 부랴부랴 병력을 이끌고 이곳으로 온 것입니다."

"아, 그렇군. 조금 늦긴 했지만 그래도 별 탈 없이 잘 마무리됐다. 그리고 잠시 이야기를 할 수 있나?"

"물론입니다. 대체 이게 어떻게 된 일입니까?"

치호가 대진에게 메단을 관리하라는 눈짓을 보내자 대진이 고개를 끄덕이고는 손에 들고 있던 채찍으로 메단을 꽁

꽁 포박했다. 그런 모습을 보고 있던 메이는 미간을 찌푸리며 대진을 타박하려 했지만, 주변에 보는 눈이 많아 차마 그러지는 못했다. 아무리 메이가 대진에게 편하게 대한다고 해도 나설 때와 나서지 않아야 할 때를 구분한 것이다.

그런 모습에 치호는 안심하며 스테인과 조용하고 사람들의 시선이 닿지 않는 곳으로 이동해 이야기를 하기 시작했다.

"스테인, 베로나 거점에 첩자가 얼마나 파견되어 있지?"

"예? 갑자기 왜……."

"어쩌면 그 첩자 모두를 갈아치워야 할지도 모르겠어."

"그게 무, 무슨 소리입니까? 저희 첩자들이 들통이라도 났다는 말씀이십니까?"

스테인이 놀란 표정으로 말하자 치호는 그런 스테인에게 차분히 자초지종을 설명해 주기 시작했다. 마을의 분위기와 음식, 그리고 메단의 일까지 모조리 이야기한 것이다.

그런 치호의 이야기를 듣던 스테인의 얼굴이 시시각각 변하더니 종래에는 딱딱하게 굳다 못해 기괴한 표정을 지었다. 스테인으로서도 충격이었기 때문이다.

"하, 하지만 그들의 정보로 저희들은 계속 순찰 병력을 습격하는 데 성공했습니다. 그들이 전부 회유에 넘어갔다고는……."

"그럴 수도 있지. 하지만 지금 여신 교단 측에서 전세를 역전시킬 만한 작전을 준비하고 있다고 하지 않았나? 그때를 위해 숨죽이고 있는 거라면 어떻게 하겠나? 그러면 네 번째 필드에서 여신 교단은 더 이상 찾아볼 수 없겠지."

"그, 그런……!"

스테인은 메단을 비롯한 여신 교단의 테스터들에게 믿음이 강한지 거기까지는 생각하지 못한 것 같았다. 하지만 치호가 가볍게 짚어주자 심장이 덜컥하는 듯한 표정으로 말을 잇지 못했다.

"뭐… 오늘의 사달도 그것 때문에 일어난 일이니까 경고해주는 거다. 여신 교단이 전쟁을 벌이는 것 자체는 별로 마음에 드는 일은 아니지만 그래도 몇 번 신세를 진 게 있으니 말해주는 거다."

"가, 감사합니다. 제 불찰입니다. 제가 치호 님의 행보를 방해만 했군요. 어떻게 사죄의 말씀을 드려야 할지… 죄송합니다."

"괜찮다. 나도 덕분에 죽음 교단에 대해서 알게 되었으니까. 그리고 더욱 흥미로운 사실도 듣게 되었고."

스테인은 자신이 소개한 메단 때문에 사달이 벌어진 것이 못내 마음에 걸리는 것 같았다. 하지만 치호는 실제로 크게 마음 쓰지 않았다. 로펠로에 대한 새로운 사실을 알게 되었기 때문이다.

'달무르와 연관 있어 보이고 내 예전의 과거와 접점이 있어 보이는 자가… 죽음을 거부한다? 재미있군.'

치호는 달무르와 로펠로와의 관계를 생각하며 스테인과의 대화를 마무리 짓고 다시금 일행에게 다가갔다.

"치호, 어떻게 하기로 했어?"

"아, 메단은 저쪽에 넘기기로 했다. 애초에 여신 교단과 로펠로 사이의 일이니까."

"그렇군. 하긴 남들 싸움에 깊이 관여하는 건 좀 그렇지?"

대진이 치호의 말에 고개를 끄덕이며 말하자 미소가 조심스레 치호에게 다가와 말했다.

"치호 아저씨, 메단은 어떻게 될까요?"

"글쎄, 아마 끌려가서 강도 높은 취조를 받지 않을까? 이곳이 인권이고 나발이고 그런 걸 찾을 만한 곳은 아니잖아?"

"후, 안타깝네요. 메단이 한 말, 이해가 돼서요. 불쌍해요."

미소는 메단이 한 말이 심장을 찌르듯 와닿았는지 깊은 동정심을 가지는 것 같았다. 하지만 그럼에도 메단을 구해줄 수 없느냐는 등의 말은 꺼내지 않았다.

그녀 역시 필드의 생리를 누구보다 잘 알고 있는 테스터이기에 그런 말은 입에 올리지 않는 것이다. 그저 씁쓸하게 메단을 바라볼 뿐이었다.

그런 미소를 보며 치호는 다짐하듯이 미소에게 말했다.

"이런 더러운 상황이 비단 메단뿐만이 아니겠지. 그러니까 이런 병신 같은 필드를 만든 놈들에게… 그 대가를 치르게 해줘야지."

"네! 꼭이요. 꼭!"

메이는 어느새 주먹을 꼭 쥐며 말했고, 치호 역시 다시금 마음을 다잡을 수 있었다. 이 빌어먹을 필드를 만든 녀석들에게 반드시 대가를 치르게 하겠다고 말이다.

치호 일행이 메단과 여신 교단, 그리고 죽음 교단에 대해서 이야기를 나누고 있을 때 스테인은 빠르게 주변을 정리하기 시작했다.

이 정도로 크게 싸움이 붙은 흔적이라면 베로나에서 더 많은 병력을 끌고 올지 모르기 때문에 서두르는 것이다.

"치호 님, 그럼 아까 말씀하신 대로 메단의 신변은 저희가 인수하겠습니다."

"그래, 그리고 다른 첩자들도 꼭 다시 확인해야 할 거야. 아니면 여신 교단의 미래는 없다."

"예. 도움을 주셔서 감사합니다. 그럼 이제 어디로 가실 생각입니까?"

스테인에 말에 치호는 망설임 없이 대답했다.

"도메로, 로펠로가 있다는 도메로로 간다."

메단에게 들은 로펠로에게 대한 정보는 쉽게 흘려들을 만한 이야기가 아니었다. 더군다나 어차피 에픽 퀘스트를 해결하기 위해서는 그곳으로 향해야 했기에 망설임 없이 대답했다.

"도메로라면… 그렇게 위험한 곳으로 가신단 말씀입니까? 혹여 문제가 생긴다면 위험할지도 모릅니다."

스테인 역시 로펠로가 머물고 있는 거점 도메로에 관해 대충 알고 있는 것인지 치호를 걱정하며 말했지만 그런 스테인을 안심시키며 말했다.

"우린 다른 이들에게 제대로 알려진 적이 없으니 딱히 문제될 건 없겠지. 실제로도 그랬고. 그러니 걱정 마라. 무슨 일이 있더라도 최소한 목숨은 부지할 실력들은 되니까."

"후우, 알겠습니다. 그곳에서 무엇을 하시려는지 모르겠지만 꼭 성공하시길 빕니다. 저희도 노력하겠습니다."

"그래."

"그럼 전 이만. 가자! 서둘러 이곳을 빠져나간다!"

스테인은 치호와 일행에게 공손히 인사를 하고 서둘러 빠져나가기 시작했다. 그러자 방금까지 전투를 벌이던 장소에는 치호 일행만 남게 되었다.

"우리도 출발하지."

"그럼 도메로로 가는 건가? 정보는 확실한 거겠지?"

"말했잖아. 그들은 진실만 이야기했을 거다."

"대진 아저씨, 아니면 어때요? 거기서 또 정보를 얻으면 되죠. 헤헤. 너무 그렇게 빡빡하게 생각하지 말자구요. 언제나 뭔가를 추격하는 데는 시간이 걸리는 법이라구요."

메단 때문에 자칫 일행의 분위기가 무거워질 수 있었는데 메이가 나서며 해맑은 웃음으로 분위기를 띄우기 시작했다.

'영광의 기록서'에 '집요한 추격자'란 이름으로 등재된 것답게 그리 심각하지 않게 생각하는 듯했다.

가만 생각해 보면 메이는 어릴 때부터 10년 이상 필드에서 생활했기 때문에 한두 번의 실패쯤은 전혀 개의치 않는 것 같았다. 아니, 단번에 목적지를 찾는 것이 오히려 드물다는 것을 누구보다 잘 알기 때문이었다.

치호를 비롯한 대진과 미소는 그런 메이의 말에 작은 미소를 머금으며 발걸음을 옮겼다. 이곳에서 거점 도메로까지 가려면 시간이 생각보다 많이 걸릴 것이기에 서둘러 움직이는 것이다.

*   *   *

사위가 어두컴컴하고 넓은 집무실 안.

허리까지 내려오는 긴 머리카락에 창백한 피부, 유약한 얼굴을 가진 사내가 거대한 테이블을 눈앞에 두고 두 눈을 감고 있다.

마치 무언가를 골똘히 생각하는 듯 흐트러짐 하나 없는 자세로 자리에 앉아 있는 사내는 네 번째 필드의 테스터들에게 공포의 이름으로 불리고 있는 짐승의 왕 콴이었다.

콴은 어두운 집무실에 홀로 남아 두 눈을 감고 무엇인가를 생각하기를 잠시, 이내 무엇인가 느꼈는지 그 날카로운 눈을 천천히 뜨기 시작했다.

그러고는 집무실의 어두컴컴한 허공을 향해 나지막이 말했다.

"오셨습니까. 기다리고 있었습니다."

중저음의 쇳소리 같은 콴의 목소리가 어둠을 흔들었지만, 도무지 누구를 향해 말하는 것인지 알 수가 없다.

집무실의 거대한 문은 여전히 굳건히 닫혀 있는 상태였기 때문이다. 하지만 콴은 마치 집무실 안의 누군가를 느낀 듯 나지막하게 말을 하고 있었다.

그런 콴의 말이 끝나고 잠시 후 허공에서 실체가 없는 목소리 하나가 들리기 시작했다.

─콴, 콴이여, 그 테스터는 찾았느냐?

"죄, 죄송합니다."

네 번째 필드에서 공포의 존재로 군림하고 있는 콴이 정체를 알 수 없는 목소리에 고개를 숙이며 사죄를 했다.

콴은 사죄하는 스스로의 모습을 전혀 굴욕적으로 생각하지 않는지 진정으로 용서를 구하는 표정이다.

그러기를 잠시, 다시금 허공에서 목소리가 들리기 시작했다.

─우리가 너에게 그분의 창조물을 관리할 권능을 넘겨주었음에도 너의 행보는 실망스럽기 그지없구나.

"드릴 말씀이 없습니다. 하지만 단서는 찾았으니 조만간 소식을 접할 수 있을 것입니다."

─우리의 인내심을 시험에 들게 하지 마라. 이번이 마지막 기회라는 것을 잊지 마라.

"예. 의심되는 자에게 알란을 보내두었으니 어떤 식으로든 소식이 있을 것입니다. 그러니 조금만 기다려 주십시오."

─알란이라……. 좋아, 기다려 보지. 하나 실망스러운 결과라면 각오해야 할 것이야.

"예, 예!"

그 대화를 끝으로 허공에서는 더 이상 아무런 목소리도 들리지 않았고, 한참이 지난 후에야 콴은 천천히 고개를 들고 깊은 안도의 한숨을 내쉬었다. 그런 콴의 모습은 네 번째 필드를 좌지우지하는 한 세력의 수장이라고는 볼 수 없는 굴욕적인 것이었다.

그럼에도 콴은 기회를 얻었다는 것이 다행이라는 듯 만족스러운 표정을 짓고 있었다.

제5장
탈취 작전 Ⅰ

"치호, 아직 도착하려면 멀었어?"

"지도상으로는 아직 거리가 좀 남았군."

대진은 치호의 대답에 미간을 살짝 찌푸렸다. 그런 대진의 표정에 곁에 있던 미소가 물었다.

"대진 씨, 무슨 문제라도 있어요? 표정이 별로 좋아 보이지 않는데요?"

"음? 아, 식량이 거의 떨어져서 말이야. 좀 곤란할지도 모르겠는데?"

"그러고 보니 지난번 베로나에서 제대로 보급도 못해서… 큰 일이네요. 숲에서 열매 같은 걸 먹으면서 가는 수밖에 없을까요?"

치호 일행이 가는 길에는 간혹 정체를 알 수 없는 열매가 종종 보였기 때문에 미소는 그것을 두고 하는 소리였다. 하지만 그런 미소의 말에 치호가 고개를 저으며 말했다.

"그렇지 않아도 내가 눈여겨봤는데 먹을 만한 게 못 되더군."

치호 역시 식량 사정이 걱정되어 눈에 보이는 것마다 〈운명의 동아줄〉의 〈하람의 마스터 피스〉의 효과를 이용해 살폈지만 모두 독성이 포함된 열매였기 때문에 먹기엔 무리가 있었다.

"치호 아저씨, 그럼 어쩌죠? 곧 식량이 떨어질 텐데. 곤란하네요. 여기까지 와서 식량 걱정을 하게 될 줄이야. 헤헤."

"야, 이 계집애야, 지금 웃을 때냐? 심각한 문제라고."

"그냥 옛날 첫 번째 필드가 생각나서요. 그때는 이런 경우가 다반사였잖아요. 그거에 비하면 그래도 지금은 함께하는 동료가 있어서 왠지 마음이 든든한데요?"

메이의 말에 대진이 헛기침을 하며 말했다.

"아무튼 뭔가 수를 내야 할 것 같은데? 치호, 가장 가까운 거점이라도 혹시 보이는 것 없어?"

치호는 지도를 보면서 대진의 물음에 답했지만 그리 희망

적이어 보이지 않는 말뿐이었다.

"우리 목표가 도메로, 그전에 있는 거점이라고는 '테마탄'
밖에 없는데? 문제는 거기도 로펠로의 영역이라는 거지."

"그렇다는 건……."

"그래, 그곳도 베로나와 마찬가지로 식량을 배급하는 시스
템일 거다. 그러면 음식이 있더라도 먹을 수가 없지."

치호의 말에 대진을 비롯한 나머지 일행도 한숨을 내쉬기
시작했다.

지금이야 아직 식량이 조금 남아 있기는 해도 그리 버틸
수 있는 시간이 길지 않기에, 식량이 완전히 떨어지면 정말
곤란했기 때문이다.

"차라리 돌아갈까? 지금 가지고 있는 식량을 최대한 아껴
먹으면 어떻게든 로펠로 영역은 벗어날 수 있을 것 같은데…
어때?"

대진의 말에 치호는 고민을 하기 시작했다. 치호 역시 이
렇게까지 로펠로 영역에 식량이 부재할 줄 예상치 못했기에
벌어진 일이었다.

'어쩌면 로펠로가 일부러 이런 곳을 영역으로 삼았는지도
모르겠군. 거점에서 도망치는 이들이 있더라도 식량 부족으
로 결국 약을 탄 식량을 먹을 수밖에 없도록.'

치밀한 로펠로의 행동에 치호는 한숨을 내쉴 뿐이었다.

그러길 잠시, 미소가 무언가 떠올랐다는 듯 손뼉을 치며 이야기했다.

"아! 그런데 말이에요, 거점의 식량이 처음부터 문제가 있는 건 아니지 않을까요?"

"응? 그게 무슨 소리야?"

"어쨌든 음식이라는 게 요리를 해야 하잖아요. 근데 원재료부터 문제가 있는 건 아니지 않아요? 그러니까 요리를 하기 전에 그 식량들을 탈취하면… 어때요?"

과연 미소답게 과격한 방법이었지만 완전히 허튼소리만은 아니었다. 어쩌면 지금으로서는 최선의 방법이 될지도 모르기 때문이다.

"그런데… 너무 위험하지 않을까? 죽음 교단에서 분위기 보니까 어지간하면 조용히 움직이는 게 좋을 것 같은데 말이지. 게다가 여기는 로펠로 영역의 한가운데이고."

"언니, 위험 부담이 좀 크지 않을까요? 만약 실패라도 해서 쫓긴다면… 그땐 정말 위험할지도 몰라요."

"그럴까? 에휴, 나도 그냥 좀 답답해서."

미소의 의견에 대진과 메이가 걱정스레 말하자 미소 역시 시무룩한 얼굴이 되었다. 미소는 식량을 탈취하는 방법이 가장 편리한 방법이라고 생각했는데 반응이 별로 좋지 않았기 때문이다. 그때 치호가 그런 일행에게 말했다.

"그 방법, 하지."

"뭐라고? 진심이야? 너무 위험하잖아. 그냥 시간이 걸리더라도 안전하게 움직이는 게 좋을 것 같은데?"

"맞아요, 치호 아저씨. 너무 위험한 방법이에요. 그냥 로펠로의 영역을 벗어났다가 철저히 준비해서 다시 돌아오는 게 좋을 것 같은데… 그냥 그렇게 해요. 네?"

대진과 메이는 불안한 듯 말했지만 치호는 그런 두 사람에게 고개를 저으며 말했다.

"평소였다면 그렇게 했겠지만… 지금은 로펠로 영역 밖이라고 해서 안전하다는 보장이 없어. 지금 각 세력이 전쟁 준비를 완료한 것 같으니까 아마 거점에 들어가기조차 쉽지 않을 거다."

치호의 말에 두 사람은 아차 싶은 표정을 지었다. 식량에 너무 집중하는 바람에 주변의 정세를 까맣게 잊고 있던 것이다.

"아, 강철의 얀센 세력과 척을 진 거나 마찬가지고… 중립 세력은 루바란 길드의 레핀 때문에 경계가 극심할 건 뻔하고… 콴은 애초에 틀렸고… 망했네."

"우리 어쩌다 이렇게 된 걸까요? 하아, 네 번째 필드에서 어째 우호적인 세력이 이렇게 없을 수가… 히잉."

대진은 네 번째 필드의 각 세력과의 관계를 상기시켜 보더니 한숨을 내쉬었고 메이 역시 푸념을 하기 시작했다.

그런 두 사람에게 치호가 피식 웃으며 말했다.

"너무 걱정하지 마. 그나마 여기서 거점 테마탄은 가까우니까 거기서 식량을 탈취하면 되겠지."

"그러다 걸리면 곤란해지지 않을까?"

"뭐… 걸려도 테마탄에서 도메로까지는 일주일 거리니까 빠르게 움직이면 도메로에 소식이 닿기도 전에 우리가 먼저 도착할 수 있을 테니 신경 쓰지 마."

"으, 불안한데."

대진은 식량을 탈취하자는 작전이 그다지 마음에 들지 않는 듯했지만 지금으로서는 다른 방법이 없다는 것을 알고 있었다. 치호 일행은 불안한 마음을 가지고 테마탄을 향해 발걸음을 옮길 수밖에 없었다.

*   *   *

"아주 신나게 깽판을 부리셨구먼? 그런데 스킬의 도움 없이 이런 힘을 낼 수 있던가?"

한 사내가 어수선한 중립 거점 가보스에서 치호와 강철의 얀센의 세력이 벌인 전투의 흔적을 살피고 있었다. 그는 전투의 흔적만으로 전투가 어떤 식으로 일어났는지 유추하고 있었다.

거점 내에서의 전투 흔적은 정상적인 거점이라면 일주일
도 되지 않아 정리되었을 테지만 이곳 중립 거점 가보스는
상황이 혼란해서인지 아직도 흔적을 고스란히 간직하고 있
었다.

"휘유, 보폭이 이렇게나 넓어? 재미있는데, 이거? 도약 거리
가 얼마나 되는 거야? 크크, 그때도 보통은 넘을 거라고 생
각했지만 이건 상상 이상인데?"

혼자 전투의 흔적을 살피며 중얼거리던 사내는 재미있다
는 듯 혀로 입술을 적시며 치호의 전투 흔적을 따라가기 시
작했다.

"상대의 숫자는 100명이 넘어 보이고… 그 아저씨 혼자가
아니네? 동료가 있는 건가? 이건 또 귀찮은데."

전투 흔적이 혼자 싸운 게 아니라 적어도 세 명 이상의 흔
적이 보이자 미간을 찌푸렸다. 지금껏 사내가 알아본 정보로
는 전장의 광녀 '미소'만 합류했다는 것만 파악하고 있었기
때문이다.

"곤란해, 곤란해."

사내는 마음에 들지 않는다는 표정으로 전투 흔적을 계속
해서 쫓았고, 그런 수상한 모습은 결국 가보스 경비대의 눈
에 띌 수밖에 없었다.

하지만 사내는 경비대가 자신을 발견하든 말든 최대한 정보를 많이 얻으려는 듯 전투 흔적에만 집중하고 있었다.

"이봐! 거기 누구냐?"

경비대는 그런 수상한 사내를 놓치지 않겠다는 듯 포위하듯 에워쌌다. 일전에 치호 일행과 얀센의 세력이 전투를 벌였을 때 늦은 대처로 인해 그들을 놓친 기억이 있기에 이번에는 기민하게 움직인 것이다.

하지만 사내는 경비대에게 둘러싸였음에도 당황한 기색이 전혀 보이지 않았다. 그저 천천히 고개를 들고 주변을 살필 뿐이었다.

"흐음, 꽤 빨리 왔네? 중립 거점치고는?"

"다시 한번 묻는다. 정체를 밝혀라!"

경비대의 대장처럼 보이는 이가 나서며 다시 한번 사내에게 물었고, 사내는 그런 그들에게 대수롭지 않게 말했다.

"나? 알란. 세자르 알란."

치호의 흔적을 쫓고 있던 사내는 알란이었다.

메이와 깊은 원한을 맺은 것과 동시에 중립 거점 텔로시에서 치호의 일검을 가볍게 막아내던 그 알란이었다.

그런 알란의 대답에 경비대는 고개를 갸웃거렸다. 알란이란 이름은 전혀 들어본 적이 없었기 때문이다.

"우리 거점 내 인물은 아니군. 비상 체제로 돌아가는 우리 거점에 어떻게 들어온 거지? 그리고 이곳에선 무엇을 하고 있었나?"

"뭘 남자끼리 그런 걸 물어보고 그래? 난 내 여자한테도 그런 건 자세하게 말 안 해주는데 부끄럽게 왜 자꾸 물어봐? 크크."

"이, 이……!"

알란은 주변이 포위되었음에도 불구하고 여유를 잃지 않고 오히려 빈정대며 말했다. 그런 알란의 태도에 경비대들이 이를 악물었다.

지난번에는 타 세력이 자신들의 거점에서 무단으로 전투를 벌여 피해를 준 것도 모자라 이번에는 정체를 알 수 없는 사내 하나가 자신들을 도발하고 있었기 때문이다.

경비대원들은 분노를 참고 있었고, 경비대장처럼 보이는 이가 그런 알란에게 비웃으며 말했다.

"아주 기세가 좋군그래? 어디 취조당할 때도 그런 모습을 유지하나 보자고. 끌고 가!"

경비대장이 경비대원들에게 명령하자 경비대가 그런 알란을 에워싸며 천천히 거리를 좁히기 시작했다. 알란은 혼자이기 때문에 그를 연행하는 데 문제가 없을 것이라 확신한 것이다.

하지만 점점 거리를 좁혀오는 경비대를 본 알란이 피식 웃으며 말했다.

"겨우 너희들이 날 끌고 갈 수 있을까? 한번 해보자고. 어디… 가보스의 힘은 어떤지 한번 볼까?"

섬뜩한 미소와 함께 알란의 말은 끝났고, 그와 동시에 중립 거점 가보스에 누구의 목소리인지 알 수 없는 처절한 비명이 울려 퍼지기 시작했다.

*   *   *

"슬슬 테마탄이 보이기 시작하는군."

"그렇게 말해도 우리 눈엔 안 보인다고. 그나저나 그 스킬은 정말 탐난단 말이야?"

치호 일행은 어느새 테마탄의 코앞에 있었다. 치호의 눈에는 거점이 보였지만 아직 다른 일행에게는 테마탄이 보이지 않았다.

"그나저나 우리는 어떻게 들어가지?"

"아저씨가 우리 이끌어줄 수 있는 거 아니에요?"

대진과 메이의 대화에 치호는 고개를 저었다. 치호는 스킬로 거점에 들어갈 수 있지만, 거점의 방어에 관한 시스템을 해제할 순 없기 때문이다.

"나 혼자 들어가는 건 문제없지만, 너희들을 데리고 들어갈 순 없어. 너희도 들어가려면 거점의 인원이 필요해."

"처음부터 난관이네요. 흠, 그럼 거점 근처에서 기다리다
가 누군가 하나라도 납치할까요? 그리고 '죽음의 서약'을 쓰
게 만들면 되지 않을까 싶은데… 어때요?"

"흠, 안 돼."

"에? 왜요?"

메이는 당연히 그런 방식으로 거점에 들어갈 줄 알았는데
치호가 거부한 것이다.

"녀석들의 정신 상태로는 죽음을 각오하고서라도 우리 정
체를 드러낼 가능성이 높아. 그러면 곤란하지."

"아, 복잡하네요."

"그래도 걱정하지 마라. 그렇게 복잡한 방법을 쓰지 않더
라도 쉽게 들어갈 수 있을 거니까."

"에? 왜요?"

"우리한테는 죽음 교단의 브로치도 있고 그들은 약 때문
에 첩자 따윈 있을 수 없다고 생각할 테니까 말이야."

"아!"

치호의 말에 메이는 그제야 이해가 된다는 듯 탄성을 내
뱉었다. 로펠로 세력의 특성을 잊고 습관적으로 일반적 거점
으로 생각한 것이다.

메이가 자신의 실책을 깨닫고 부끄러움에 주저리주저리 떠

들 때 치호가 입술에 검지를 올리며 말했다.

"쉿, 뭔가 기척이 잡힌다. 긴장해."

"네… 넵!"

치호 일행은 거점과 조금 떨어진 곳에서 느껴지는 기척을 향해 천천히 다가가기 시작했다. 단숨에 그들 앞에 나서기보다는 일단 그들의 행동을 감시한 후 안전하다고 파악되면 나가려는 것이다.

치호 일행이 숨을 죽이고 잠시 기다리자 얼마 지나지 않아 치호가 감지한 기척의 주인공들이 하나둘 나타나기 시작했다.

그들은 소규모 사냥 그룹 정도의 인원으로 여섯 명쯤 되어 보이는 일행이었는데 가슴에 모두 브로치가 달려 있는 것으로 보아 로펠로 세력의 인물들이 틀림없었다.

"아저씨, 테마탄의 테스터들이 맞는 것 같아요."

"그래. 그런데 사냥을 나왔나? 의외로군."

"저들은 사냥 같은 거 안 해도 되는 거 아니었어? 그런데 사냥을 왜 나와?"

"글쎄……."

치호 일행이 알고 있는 대로라면 로펠로의 세력은 모두 식량 등 기본 생활에 필요한 것을 모두 배급해 주기 때문에 위험을 감수하고 사냥을 할 필요가 없었다. 그런데 치호 일행의 예상과 달리 사냥을 나온 듯한 저들의 모습이 의문스러웠던 것이다.

"일단 좀 지켜보자고."

치호의 말에 일행은 조용히 고개를 끄덕이며 각자 몸을 숨기고 테마탄의 테스터들에게 시선을 집중했다. 치호 일행의 실력은 저들에게 들킬 만큼 허술하지는 않아서 몸을 숨기고 그들의 행동을 관찰하는 데에는 문제가 없었다.

"후우, 거의 다 정리된 것 같지?"

"그래도 확실히 처리하자고. 그나저나 오랜만에 사냥 나왔는데 몸이 아직 녹슬지는 않은 모양이야."

"크크. 요즘 잘 먹고 잘 자서 그런지 힘이 불끈불끈 솟는다니까. 이게 다 로펠로 님 덕분이지."

"필드 안에 이런 낙원이 있을 줄 알았나? 하여튼 난 이곳에서 그냥 뿌리 내릴 생각이야."

"그걸 말이라고 하나? 참 나. 아무튼 주변이나 잘 살펴. 괜히 괴물들이라도 나오면 골치 아파지니까."

테마탄의 테스터들은 두런두런 이야기를 나누면서도 괴물들을 경계하는 걸 잊지 않았다.

'사냥을 나온 게 확실하군. 의외야. 사냥하는 인원도 있었군. 그런데 왜?'

아무리 생각해도 그들이 사냥하는 이유를 알 수 없었지

만, 그들이 대화를 나누는 걸 보니 말이 통할 상대 같았기에 일행에게 눈치를 주고 한 발짝 나섰다.

"어? 잠깐. 저쪽에서 뭔가 느껴지지 않았어?"

치호가 일부러 흘린 기척을 감지했는지 테마탄의 테스터들이 긴장하기 시작했고, 치호 일행은 천천히 그들 앞에 섰다. 테마탄에 들어가기 위해서는 저들의 도움을 받아야 하기에 나선 것이다.

"정지! 누구냐? 정체를 밝혀라!"

"잠깐, 가슴에 브로치가 있잖아? 뭐야, 우리 쪽 인원이었어?"

"응? 어디? 에이, 난 또 괜히 긴장했잖아. 여보쇼, 대체 어디서 온 거요?"

치호는 그들이 경계를 푸는 모습을 보고 속으로 안도의 한숨을 내쉬었다. 생각처럼 일이 돌아가지 않으면 어쩔까 싶어서 내심 불안했는데 브로치가 생각보다 큰 역할을 한 것이다.

"아, 우리는 베로나에서 왔다."

"베로나? 허, 멀리서도 왔군."

"이 근처에 테마탄이 있다는 소릴 듣고 찾아왔는데 찾을 수가 없어서 곤란하던 참이야. 테마탄의 테스터들인가?"

"응? 아, 우리 거점을 찾아왔다고?"

"그래."

테마탄을 찾아왔다는 말에 테스터들이 놀랍다는 표정을 지으며 말했다.

"이야, 우리 로펠로 님이 대단하긴 한 모양이야? 그렇지?"

"누가 아니래? 참, 소문 한번 빠르다니까."

"하긴, 나라도 그 사실을 알았다면 테마탄에 왔을걸."

그들은 영문 모를 소릴 했지만 그러면서도 치호 일행에게 따듯하게 말했다.

"자네들도 여기까지 오는 데 고생 좀 했겠는데? 아무래도 우리 로펠로 님의 영역은 다른 곳보다 괴물들이 많은 편이니까."

"뭐… 사냥을 안 해서 편하긴 해도 그런 부분에서는 좀 위험하긴 하지."

"아무튼 테마탄까지 우리가 인도해 주지. 우리도 일이 거의 끝나서 돌아가려던 참이거든."

치호 일행은 베로나에서 왔다는 이야기 하나만으로도 별다른 의심 없이 테마탄으로 향할 수 있었다. 치호의 예상대로 그들은 가슴팍의 브로치를 보고 일말의 의심도 하지 않았다. 그런 그들의 행동에 치호를 비롯한 일행은 안도의 한숨을 내쉬며 조용히 속삭였다.

"다행이에요, 아저씨."

"그래, 큰일 치르지 않고 편하게 들어갈 수 있겠어."

"그런데 저들이 말하는 소문이란 게 뭘까요?"

치호는 메이의 물음에 잠시 고민하는 듯하더니 이내 테마탄의 테스터들에게 다가가 물었다. 방금 저들이 이야기한 것과 사냥을 하고 있던 이유에 관해 묻기 위해서였다.

"그런데 사냥은 왜 하는 거지? 테마탄은 배급을 안 하나?"

"에? 무슨 소리야? 당연히 하지. 로펠로 님께서 그런 걸 잊으실 것 같아?"

"그럼 사냥을 왜 하고 있어? 베로나에 있을 때도 사냥하는 사람들을 보지 못했는데 이곳에 와서 처음 본 테스터가 너희들이라 좀 혼란스럽군."

"아, 그러고 보니 우리가 너무 우리끼리만 떠들었군."

치호의 물음에 테마탄의 테스터들은 너털웃음을 지으며 일행에게 대답해 주었다.

"로펠로 님이 테마탄에 오신다는 소문이 쫙 돌았는데 우리가 어떻게 가만있을 수가 있겠어? 어?"

"호오, 로펠로 님이?"

"의뭉 떨기는, 솔직히 말해봐. 자네들도 그 소문 듣고 테마탄에 찾아온 거 아니야?"

치호는 테스터들의 말에 흠칫 놀랐지만 이내 표정을 감추고 그들의 장단에 맞춰주기로 했다.

"뭐… 알 만한 사람은 다 아는 거니까."

"크크, 그렇지. 그런데 알다시피 우리가 워낙 사냥을 하지 않으니 거점 주변까지도 괴물들이 많잖아. 그러니 로펠로 님이 오시기 전에 이곳을 좀 정리해 두려는 거야."

"호오, 그랬군."

"그래, 로펠로 님이 테마탄을 방문하시는 길에 행여나 괴물들에게 습격이라도 당해봐. 얼마나 창피한 일이야. 안 그래? 그러니 우리가 직접 나서서 로펠로 님이 오실 길을 미리 정리해 두려는 거지."

치호는 전혀 모르고 있던 이야기지만 표정을 감추며 이야기를 이어갔다. 그리고 그들과 잠시 이야기를 나누다 보니 어느새 테마탄이 눈앞에 보였다. 성문 앞에 도달한 테스터들은 성문을 열고 테마탄 안으로 일행을 안내했다.

별다른 충돌 없이 테마탄에 들어가는 데 성공한 것이다.

"여기가 테마탄이다. 어때, 깨끗하지? 크크, 원래는 이 정도까지는 아닌데 요즘엔 아주 쓸고 닦고 난리도 아니라니까."

"이 사람아, 로펠로 님이 오시는데 이것도 안 하면 너무 염치없는 거 아니겠어?"

"누가 뭐래? 흥, 아무튼 테마탄을 둘러보라고. 우린 또 할 일이 있어서 이만 가봐야겠군."

"안내해 줘서 고맙군. 나중에 이 신세 꼭 갚지."

"신세라고 할 게 뭐 있어. 같은 신도끼리 돕고 사는 거지. 안 그래? 하하하!"

치호 일행은 테마탄까지 안내한 일행이 사라지자 빠르게 이야기를 나누기 시작했다.

그들이 나눈 이야기가 심상치 않았기 때문이다.

"아저씨, 이게 무슨 일이래요? 로펠로가 테마탄에 온다는 거예요? 이게 좋은 거예요, 나쁜 거예요?"

"글쎄… 이곳에서는 평소보다 행동을 좀 조심해야겠어."

"치호, 이거 까딱 잘못하다가는 식량 탈취하려다가 로펠로 암살 시도했다고 개떼처럼 달려드는 거 아니야? 왠지 예감이 좋지 않은데?"

대진은 혹시 모를 상황에 불안해하기 시작했다. 하지만 대진의 말이 전혀 가능성 없는 말도 아니라 그냥 넘기기도 힘들었다.

"그럴지도 모르겠군. 하필 로펠로는 이곳에 오는 거지?"

"망할, 가는 날이 장날이라더니 딱 그 말이 맞는군. 일단 더 복잡해지기 전에 식량 문제부터 해결해야 할 텐데 말이야."

"흠, 일단 식량 창고와 소문부터 알아봐야겠군."

치호로서는 로펠로를 만나보는 게 일이 쉽게 풀린다 생각할 수 있었지만, 대진의 말처럼 식량 문제가 해결되지 않으면 일이 곤란해질 수 있었다.

만약 테마탄에서 일이 틀어져 도주한다 해도 식량이 없으면 정말 위험해지기 때문이다.

"일단 대진과 메이는 로펠로에 관한 정보를 좀 모아줘. 나와 미소는 식량에 대해 알아보도록 하지."

"알았어, 치호. 조심해. 괜히 의심 사는 행동 하지 말고."

"걱정하지 마라. 너희들이나 잘해."

"우리야 뭐 한두 번 해보나? 걱정하지 말라고. 하하하! 만약 문제가 있으면 '영혼의 메아리', 알지?"

치호는 대진의 말에 고개를 끄덕였고, 대진과 메이는 빠르게 테마탄의 중심부로 향했다.

사람이 많은 곳을 찾아가려는 모양이다.

"미소, 우리도 가자."

"네. 그런데 정말 일이 묘하게 꼬이네요."

"긍정적으로 생각하자고. 어차피 도메로에 가서 허탕 치는 것보다는 낫잖아?"

"에… 하긴. 아무튼 식량 창고나 어서 알아봐요. 로펠로가 온다고 했으니 아마 정상적인 식량 비축이 많을지도 몰라요."

"하긴, 그도 그렇군. 어서 움직이자."

로펠로가 이 테마탄을 방문한다면 약을 넣은 음식을 제공할 리 없었다. 그러니 오히려 식량을 탈취하려는 치호에게는 더 좋은 기회일지도 몰랐다.

*　　　　　*　　　　　*

우둑, 뚝!

"그, 그만! 끄악!"

빠드득빠드득!

"컥컥……."

"그러게 상대 실력을 보고 달려들어야지 숫자만 믿고 그렇게 날뛰니까 이렇게 되는 거잖아."

"이, 이 괴물!"

"허, 이거 섭섭하게 왜 이래? 난 최선을 다했을 뿐이라고. 너희들도 그렇잖아. 다 살려고 그렇게 발버둥치는 거지. 크크크!"

우두두둑!

"끄아아악!"

"거참, 시끄럽네. 후우, 어쨌든 대충 마무리는 됐군."

손을 툭툭 털며 한숨을 푹 내쉬는 인물의 정체는 알란이었다. 그의 주위로는 가보스의 경비대가 단 한 명도 남기지 않고 신음을 토해내며 쓰러져 있었다.

단신으로 가보스의 경비대를 모조리 쓰러뜨린 것이다. 그러면서도 알란은 호흡조차 거칠어지지 않은 듯 보였다.

"다들 죽지 않은 것 다 알아. 그러니까 엄살 부리지 말라고. 그나마 필드 안이니까 이 정도로 끝난 걸 고맙게 여겨."

알란은 쓰러져 있는 가보스의 경비대에게 엄살 부리지 말라는 듯 이야기했지만 경비대는 그런 알란을 욕할 정신조차 없었다.

온몸의 뼈가 바스러져 겨우 정신만 붙어 있는 자들도 있고 이미 기절해 있는 자들도 부지기수였기 때문이다.

시간이 지난다면 포션을 통해 치유는 가능하겠지만, 온몸의 뼈가 이런 식으로 바스러졌다면 제대로 치유가 될지도 의문이다.

"하여튼 쓸데없이 힘쓰게 한다니까. 그나저나 전투 흔적이 전부 망가져 버렸네. 제길, 어딜 가서 또 흔적을 찾아야 하지?"

알란은 주변의 가보스 경비대와 전투를 치르며 치호가 남겨둔 흔적이 모두 망가져 버리자 아쉽다는 말투로 이야기했다.

애초부터 가보스의 경비대 따위는 신경조차 쓰지 않은 것 같은 태도였다.

"마지막에 확인한 흔적대로라면 로펠로의 영역 방향인데… 그쪽으로 향했나? 정말 귀찮게 하는군."

알란은 마지막으로 치호가 남겨둔 흔적을 떠올리며 가보스 밖으로 나왔다. 그런 알란을 제지할 수 있는 이는 단 한 명도 없었다. 알란은 툴툴거리면서도 스킬을 발동했다.

"피메르의 그림자 메이커!"

스킬을 외침과 동시에 알란의 등 뒤로 검은 그림자가 날개처럼 펼쳐졌고, 곧이어 알란은 빠른 속도로 로펠로의 영역으로 이동하기 시작했다.

$$*\qquad*\qquad*$$

"자자, 줄들 서라고. 그래야 일이 일찍 끝난다니까. 다들 귀찮은 건 알겠지만 빨리빨리 끝내자고. 어이, 거기! 당신은 빨리 인벤토리에 물건 털어서 창고에다 넣어야지!"

"아, 거참, 말하지 않아도 알아. 잠깐 쉬려고 한 거였어. 그걸 또 보고 있었나? 흠흠, 아무튼 이쪽은 신경 쓰지 마."

"뒤에 기다리고 있는 사람 안 보여? 당신이 빨리 나와야 다른 사람들이 물품을 넣을 것 아니야? 쓸데없는 소리 말고 빨리빨리 정리하고 나오라고."

치호와 미소는 건물에 드리우는 그림자 안에 숨어 테마탄의 테스터들을 지켜보고 있었다. 두 사람이 식량이 저장된 창고를 찾기 시작한 지 얼마 지나지 않아서였다.

도착한 곳에서는 마침 식량을 옮기고 있었는지 테스터들이 줄지어 서 있고, 창고지기처럼 보이는 이는 서둘러 일을 마치려는 듯 바쁘게 움직이고 있었다.

"치호 아저씨, 저쪽 사람들, 분명 식량을 옮기고 있는 거겠죠? 그런데 수레 같은 것 하나 없으니까 이상하네요."

"여긴 필드잖아. 인벤토리가 있는데 수레 같은 게 왜 필요하겠어. 인벤토리에 넣고 운반하면 그만인데."

"그렇긴 한데… 뭔가 신기한 느낌이에요. 그죠?"

두 사람은 몸을 숨기고 일을 하는 테마탄의 테스터들과 주변을 주의 깊게 살피기 시작했다. 주변에서 경계를 서는 인물이나 혹은 관리자들은 몇 명이나 되는지 알아보기 위해서였다.

"그런데… 아저씨, 관리가 좀 허술한 것 같지 않아요? 어떻게 식량 창고에 경비 인원이 둘? 셋? 저거밖에 없을 수 있죠?"

"글쎄, 내가 생각해도 인원이 좀 적긴 한데… 지금은 식량을 정리하고 있어서 그런 걸지도 모르니 좀 더 지켜보는 게 좋겠군."

"하긴, 그럴 수도 있겠네요. 으, 지루할지도."

치호는 미소의 말에 피식 웃었다. 미소가 조금은 메이를 닮아가는 것 같아 웃은 것이다.

얼마 전 미소를 중립 거점에서 만났을 때만 해도 곧 죽을 사람처럼 얼굴에 그늘이 져 있었는데 메이 때문인지, 아니면 심경의 변화가 있었는지 미소의 얼굴이 많이 밝아져 있었다.

"음? 제 얼굴에 뭐 묻었어요? 부끄럽게 뭘 그렇게 빤히 쳐다봐요? 그만 봐요."

"아니, 아니다."

"참 나, 아무튼 한동안 여기서 지켜봐야겠네요. 그래도 식량이 전부 떨어지기 전에 창고를 찾아서 다행이에요."

미소는 치호가 빤히 바라보자 부끄러웠는지 서둘러 화제를 돌려 다시금 식량 창고 이야기를 하기 시작했다.

치호 역시 지금 중요한 것은 식량 창고를 감시하는 일이기에 서둘러 창고 주변을 살피며 혹시 자신이 놓치고 있는 것은 없는지 유심히 살폈다.

하지만 얼마 지나지 않아 '영혼의 메아리'를 통해 대진의 목소리가 들려왔다.

─치호, 들려?

─아, 그래. 잘 들린다. 뭔가 정보를 얻은 게 있나?

─계속 정보를 알아보고 있는데 말이야, 아까 녀석들이 말한 소리가 허튼소리는 아닌 모양이야.

—그럼 로펠로가 테마탄에 온다는 게 확실한 건가?

—맞아. 시기는 정확히 모르지만 임박한 게 틀림없어. 분위기 자체가 들떠서 확신하는 분위기더라고.

—그렇군. 로펠로가 움직이는 이유에 대해 혹시 아는 것 있나?

—글쎄… 좀 더 알아봐야겠지만 로펠로가 움직이는 이유를 물어보니 아마도 베로나의 일 때문에 움직이고 있다는 소리가 있어.

—베로나의 일?

대진과 '영혼의 메아리'를 통해 좀 더 대화해 본 결과 로펠로가 움직이는 이유는 베로나에서 일어난 사건 때문에 직접 움직인다고 했다.

—우리… 때문인가?

—아마도? 그때 많은 인원이 죽고 다쳤잖아.

—그것 때문은 아닐지도 몰라. 로펠로처럼 큰 세력을 일구는 자가 고작 그 정도 사태가 일어난 걸로 몸을 움직인다? 아무래도 이상한데?

베로나에서 많은 테스터가 죽고 다친 것은 맞다.

하지만 지금이 전시 상황인 것을 비추어본다면 그다지 큰 일도 아닐 것이다.

그저 상대 세력과 소규모 충돌이 일어났다고 생각해도 충분할 일이기 때문이다.

그런데 그런 적은 피해에 거대 세력의 수장이 직접 움직인다는 것은 치호의 경험으로 이해하기 힘든 일이었다. 그런 치호의 의견에 대진도 수긍하며 말했다.

─흠, 알았어. 내가 좀 더 알아보고 연락할게.

─그래, 이쪽도 식량 창고는 이미 찾았고 주변 경계를 파악하고 있으니 조만간 만나서 이야기하지.

─벌써 찾았어? 꽁꽁 숨겨놨을 줄 알았는데… 한시름 놓았군. 알았어. 해가 지면 광장 안내 데스크로 오라고. 저녁에는 그곳이 술집으로 운영되는 것 같으니까.

─그래, 알았다.

메아리를 통한 대화가 끊기자 메이가 물었다.

"아저씨, 어쩌면 여신 교단의 일이 발각됐는지도 몰라요. 그때 메단이 심상치 않았으니까. 그래서 로펠로가 직접 움직여 아주 뿌리를 뽑으려는 걸지도."

"흠, 아직 여러 가지 가능성은 많으니 속단하진 말자고. 우린 우리 일부터 확실히 알아보고 저녁에 대진과 메이의 의견을 들어보는 게 좋겠지."

"네, 하여튼 정말 이 로펠로의 영역은 보통 상식으로 이해하기 힘든 일이 많이 일어나네요."

치호는 그런 미소의 말에 어깨를 한 번 으쓱이는 것으로 대답을 대신했다. 그러고는 다시금 식량 창고를 향해 시선을 돌렸다.

*   *   *

"그러니까 정중하게 모셔오라는 제 말을 그런 식으로 해석했다는 거군요. 아주… 유감입니다. 정말 유감이에요."

휘황찬란한 은빛 갑옷에 싸여 눈빛만 드러낸 모습의 주인공은 강철의 지배자 얀센이었다.

그런 그녀의 강철 갑옷에서 흘러나온 목소리는 냉기가 뚝뚝 떨어지고 있어 듣는 이로 하여금 소름이 돋다 못해 피부가 아파오는 느낌이 들 정도였다.

야전 막사에서 완전무장을 한 채 작전 회의를 하며 여러 가지 보고를 받고 작전을 짜는 그녀의 모습은 일전에 집무실에서 차를 마시던 우아한 모습과는 완전히 달랐다.

막사 안에서는 투구라도 벗어 조금은 편안하게 있어도 되건만 머리부터 발끝까지 완벽하게 갑옷으로 둘러싸 완벽하게 모습을 감추고 있었다.

전장에서는 자신의 모습을 절대 보이지 않으려는 그녀만의 방식이다.

그녀가 가보스의 일을 보고받으며 심상치 않은 기운을 뿜어내기 시작했다.

"무토, 설명해 보시죠. 어떻게 된 일인지."

그런 얀센의 목소리는 여성의 목소리가 아닌 마치 기계음처럼 쩍쩍 갈라졌다.

갑옷에 특수한 기능이 있는 것인지 특별한 아이템을 사용하는지는 몰랐지만 철저하게 자신이 여자라는 사실을 감추고 세력을 이끌고 있는 것이다.

그렇게 철저하게 자신을 숨기고 있으니 필드에서 강철의 지배자 얀센이 여자라는 사실이 완벽하게 가려질 만도 했다.

하지만 그런 것과 달리 보고를 해야 하는 무토는 죽을 맛이었다.

자신이 실수한 것도 아닌데 다른 이의 보고를 직접 해야 하니 마치 자신이 잘못한 것처럼 느껴졌기 때문이다.

무토의 눈썹에서 턱까지 길게 그어진 상처에서 오늘도 땀방울이 타고 흘러내렸다.

"흠, 가보스에 파견된 인물은 자레스로 그곳에서 집요한 추격자 메이와 접촉하기 위해서 갔다고 합니다."

"메이라……. 무기보다는 손발을 사용하는 권법가 스타일의 여성을 말하는 거지요?"

"그렇습니다. 그녀가 전장에서 활약한다면 좀 더 아군의 사기를 올릴 수 있다고 판단되어……."

"됐습니다. 그런 건 이미 파악하고 있으니 요점만 말하세요."

얀센이 신경질적으로 말하자 무토를 비롯해 막사 안에 모인 참모진이 덩달아 긴장하기 시작했다.

야전 막사에는 작전 회의를 하느라 각 조직의 최고 수장들이 모여 있었다.

"그게… 테스터 메이를 회유하려고 했는데 이미 세력을 이루고 있었답니다. 그래서 충돌이 일어났다는 게 자레스의 보고입니다."

"세력? 최근 커지고 있는 레핀의 세력에 소속된 것입니까?"

"아닙니다. 그런 건 아니고… 테스터 메이는 이미 독불장군의 행운 황치호, 홀로 핀 꽃 최미소, 스릴 중독자 유대진과 함께한다는 보고입니다."

"그게 세력… 후우, 자레스는 어디 있습니까?"

얀센의 목소리는 차분했지만, 막사 안에 있는 사람들 중 그 목소리 안에서 느껴지는 분노를 알아차리지 못하는 이는 단 한 명도 없었다.

"자레스는 그때 충격이 너무 커서인지… 아직도 말도 제대로 못하고 헛소리만 하고 있습니다."

"피해는 어떻습니까?"

"대부분 치료가 되고 있긴 합니다만… 이상하게 포션이 통하지 않아 치료되지 않는 테스터들이 있습니다. 아마도… 완전히 전선을 이탈한 것 같습니다."

"거점 안에서 당했는데… 치료가 되지 않는 상처?"

치호가 미소에게 건네받은 〈고통의 조각〉 효과가 제대로 나타난 것이다. 치호에게 당한 이들이 포션으로도 회복하지 못하고 고통 속에서 하루하루 보내고 있는 것이다.

보고를 듣던 얀센은 이야기를 들으면 들을수록 끓어오르는 분노를 참을 수가 없었다.

파사삭.

얀센이 자신의 격앙된 감정을 표출하지 않으려 꽉 부여잡고 있던 테이블의 한쪽 끝이 손 모양 그대로 뜯겨 가루가 되어버렸다.

자신도 모르는 사이에 힘을 준 것이 과한 것이다. 자신의 행동을 깨달은 얀센은 깊은 한숨을 내쉬며 정리하기 시작했다.

"그러니까 테스터 메이를 회유하러 갔다가 '영광의 기록서'에 등재된 인물 네 명을 적으로 만들었다는 거군요? 그리고 거기에는 제가 무슨 일이 있어도 회유하라고 한 테스터 황치호도 포함되어 있구요. 제가 한 말이 틀린 게 있다면 정정해 주세요."

"틀린 부분… 없습니다."

"도대체 어떻게 하면 그런 결과가 나올 수 있을까요? 그쪽에서 먼저 공격이라도 했답니까?"

"선제공격은 이쪽에서… 자레스의 호위 말로는 기록서에 등재된 인물이 네 명이나 뭉친 걸 보고 거점 안에서라면 모조리 구속할 수 있겠다 싶어서 행한 일이랍니다."

"그런 병신 같은 새끼를 누가 보냈을까요? 아주 궁금해지는데요? 흐음, 여기 있나요?"

얀센은 존댓말로 이야기했지만, 그 누구도 친절하게 느끼지 않았다. 오히려 화를 내는 것보다 더 공포스럽게 느껴지는 얀센의 목소리였다.

아무런 대답도 없자 얀센은 계속해서 말을 이었다.

"자레스의 목을 잘라서 그들 앞에 놓으면 그들의 화가 조금 풀릴까요? 어떻게 생각하세요, 무토?"

"얀센 님의 뜻대로……."

"다른 이는 몰라도 황치호 그 사람만은 반드시 회유해야 합니다. 무슨 수를 써서라도요."

"저… 외람된 질문이지만 황치호에게 집착하시는 이유를 알 수 있겠습니까?"

무토는 문득 얀센이 치호에게 집착하는 이유를 알 수 없어 물었다. 지금껏 얀센과 척진 이들에게는 죽음만이 있었을 뿐이다. 하지만 이례적으로 황치호는 무슨 일이 있어도 회유하라는 명령이 떨어졌기 때문이다.

무토의 질문에 얀센은 잠시 고민하는 듯하더니 말했다.

"그가 가진 스킬 〈율리아의 전투 함성〉, 그것 때문입니다. 이것만 있으면 네 번째 필드를 점령하는 건 시간문제일 뿐, 아마 네 번째 필드의 세력전은 누가 황치호를 잡느냐에 따라서 성패가 갈릴 거예요. 그만큼 중요 인물입니다."

"하지만 제가 알아본 바로는 다른 세력들도 황치호에게 우호적인 세력은 없는 것으로 아는데… 서두를 필요가 있겠습니까?"

"지금은 다른 세력이 황치호의 진면목을 몰라서 그런 것이죠. 저 또한 그 스킬을 개인적으로 몰랐다면 그들과 같겠죠."

얀센은 치호의 스킬 〈율리아의 전투 함성〉에 관해 아는 것인지 그 스킬을 들면서 치호의 영입의 중요성을 강조했다.

"이러고 있을 시간이 없습니다. 콴 녀석들을 좀 더 몰아치면서 황치호 역시 회유해야 합니다. 어서 대안을 말해보세요."

얀센의 마지막 말로 야전 막사 안에는 다양한 의견이 올라오며 다시금 분위기가 달아올랐다. 그들은 치호에 관해 이야기하느라 밤이 늦은 줄도 몰랐다.

제6장
탈취 작전 II

한동안 식량 창고를 감시하던 치호와 미소가 계속 지켜본 결과 경비 인원에는 변화가 없는 것이 확인되었다. 생각 이상으로 경비가 허술한 모습에 두 사람은 그저 서로의 얼굴을 바라보면서 어처구니없다는 듯한 표정을 지었다.

　"아저씨, 아무래도 경비가… 너무 허술하지 않아요?"

　"흐음, 잠깐 기다려 봐."

　"어디 가려구요?"

　"한번 진입을 시도해 봐야겠어."

　날이 어두워져 곧 대진 일행을 만나러 가야 했기 때문에 그전에 무언가 시도해 보려는 것이다. 하지만 미소는 그런 치호의 행동에 놀라 서둘러 그를 말렸다.

"네? 잠깐, 잠깐만요. 너무 위험하지 않아요? 들키기라도 하면 어쩌려구요."

"도망가면 되지. 나중에 다시 만날 때는 메아리가 있으니까… 뭐 지금 상태로는 별로 들킬 것 같지도 않고 말이야. 잠깐 기다리고 있어봐."

그렇게 말한 치호는 과감하게 식량 창고를 향해 몸을 날렸다. 이미 날이 어두워져 사위에 어둠이 내렸기에 치호가 움직인 것이다. 미소는 그런 치호의 뒷모습을 그저 가슴 졸이며 바라보고 있을 수밖에 없었다.

"하여튼 자식들, 정리 좀 제대로 해두라니까 대충 쌓아둔 것 좀 봐."

"어차피 곧 나가야 할 물품들이잖아. 너무 신경 쓰지 말자고."

"난 이렇게 흐트러진 걸 보면 불안하다고. 흠흠, 그나저나 로펠로 님의 마음에 들어야 할 텐데 걱정이네."

식량 창고를 관리하는 이로 보이는 테스터들이 창고 안을 둘러보며 이야기를 나누고 있었다.

식료품을 옮기던 이들은 일을 마쳤는지 모두 해산하고 관리하는 이들만 식량 창고에 남아 있었다.

'이거 허술해도 너무 허술하군.'

치호는 그런 이들의 대화를 들으며 어둠 속에 몸을 숨긴 후 식량 창고 내부로 몸을 날렸다. 창고의 창문으로 들어가는 치호를 제지하는 이가 단 한 명도 없었기에 가능한 일이었다.

창고 밖, 치호를 기다리는 미소의 마음은 점점 초조해져 갔다. 시간이 지나도 치호가 도무지 나올 생각을 하지 않고 있었기 때문이다.

"들어가 봐야 하나? 무슨 일 있는 건 아니겠지?"

미소는 몇 번이고 식량 창고로 들어가 볼까 생각했지만 아직 식량 창고에서 큰 소란이 일어나지 않아 기다리고 있는 것이다. 하지만 그렇다고 불안한 마음이 가신 것은 아니라 걱정스레 치호를 기다릴 수밖에 없었다.

'그래, 한번 들어가 보자.'

미소가 밖에서 기다리다 못해 식량 창고로 들어가려는 그 순간 어둠 속에서 치호가 모습을 드러냈다.

"아저씨, 왜 이렇게 늦게 왔어요? 불안하게. 별일 없었어요?"

"아, 그래."

치호는 별일 아니라는 듯 퉁명스레 이야기하고는 인벤토리에서 무언가를 꺼내 미소에게 툭 던졌다.

"간 김에 좀 챙겼다. 요즘 먹는 게 부실했을 텐데 배 좀 채워. 관리가 참 허술하더군."

"먹을 거예요?"

"그래. 대진과 메이 것도 챙겼으니 어서 가자고. 자세한 이야기는 모두 모여서 하지."

"대진 아저씨가 특히 좋아할지도. 어서 가요."

미소는 치호가 건넨 빵을 오물오물 씹으면서 이야기했고, 그런 미소를 보며 치호는 옅은 미소를 지으며 대진과 만나기로 한 안내 데스크로 빠르게 이동했다.

*　　　　　　*　　　　　　*

"에? 직접 식량 창고로 들어갔다고요? 은근히 치호 아저씨도 과감하다니까. 그래서 어떻게 됐어요? 식량은 먹을 수 있는 것들이에요? 아니면 벌써 오염된 것들이에요?"

안내 데스크에 모인 일행은 가볍게 음료를 마시며 이야기를 나누고 있었다. 안내 데스크에서 주는 음료는 약에 절인 것이 아니라 그나마 다행이었다.

"자, 받아. 다른 이들 눈에 띄지 않게 적당히 숨기고."

"응? 치호, 이게 뭐야? 헛!"

"아저씨, 숨겨요, 숨겨."

치호가 식량을 건네자 대진과 메이는 화들짝 놀라며 식량을 인벤토리에 넣었다. 다행히 주변에서 본 사람은 없는 것 같아 안도의 한숨을 쉬고는 놀란 표정으로 소리를 낮추어 말했다.

"아니, 창고에서 가져온 거야?"

"그래. 경비가 아주 허술하더군."

"허, 그쪽도 그랬단 말이지? 역시……."

대진은 치호가 건넨 식량을 보면서 무언가 그럴 줄 알았다는 듯한 표정으로 말했다. 그런 대진의 반응에 치호가 흥미가 생겨 물었다.

"왜, 무언가 알아낸 거라도 있나?"

"응? 아니야. 그냥 내 상상이니까 별로 중요한 건 아니야."

"에이, 대진 아저씨. 사람 궁금하게 해놓고 그게 무슨 짓이에요? 말을 하려면 끝까지 해야죠."

대진이 별것 아니라는 듯 말을 멈추려고 하자 메이가 답답했는지 그런 대진을 타박하며 나섰다.

"아, 별건 아니고, 흠, 이 말 듣고 웃거나 하면 안 돼? 그냥 가능성에 대해서 생각해 본 거니까 말이야."

"아, 뭔 사설이 그렇게 길어요? 어서 말해봐요."

"거참, 닦달하기는. 알았어. 말하면 될 거 아니야? 흠흠."

메이의 등쌀에 대진은 잠시 고민하더니 주변을 한번 둘러보고는 목소리를 낮추어 조심스레 이야기를 시작했다.

"실은 말이야, 내가 로펠로 영역의 거점을 보고 느낀 건데, 로펠로가 거점을 통치하는 데 아예 관심 없는 게 아닐까?"

"네? 그게 무슨 소리예요. 거점을 통치하는 데 관심이 없다뇨?"

대진의 말에 메이는 물론 치호와 미소도 흥미가 생긴 듯 집중했다. 대진은 일행이 관심을 쏟기 시작하자 조금 심각하게 이야기를 이어나가기 시작했다.

"아무리 약초를 섞은 음식으로 사람들의 정신을 빼놓는다고 해도 말이야, 이렇게 관심이 없을 수는 없거든."

"관심이 없다?"

"치호가 식량 창고도 허술하다고 해서 약간 확신을 가지는 거지만 약을 믿는다 하더라도 정보 통제나 경비, 그리고 관리 이런 것들이 제대로 이루어지지 않고 있단 말이지."

"흐음, 하긴 너무 허술하긴 하니까."

대진은 치호가 고개를 끄덕이자 흥이 돋는지 더욱 적극적으로 자신의 의견을 피력하기 시작했다.

"그리고 좀 알아보니까 로펠로가 직접 명령을 하달하거나 하진 않는다더라고. 그저 테스터들끼리 알아서 규약을 만들고 움직이는 것 같아. 그저 물 흐르는 대로 가는 느낌이랄까? 그리고 자신의 세력이 타 세력에게 당해도 별로 관심이 없는 모양이야."

"타 세력에게 당해도 별로 관심이 없다구요? 하지만 지금 로펠로가 이곳 테마탄으로 오고 있는 이유가 베로나에서 사태가 일어났기 때문 아닌가요?"

미소가 그런 대진에게 물음을 던지자 대진이 고개를 저으며 말했다.

"이건 메이도 알고 있는 이야기지만… 이곳 테마탄으로 향하는 건 베로나에서 신도들이 당했기 때문에 움직이는 게 아닌 것 같아."

"에? 그럼요?"

"베로나에서 소란이 일어났다는 사실보다 치호의 그… 스킬, 그 원주민들에 대해서 아주 관심이 많은 것 같더라고. 그래서 직접 그 흔적을 보겠다며 베로나로 향하는 거래."

"내 악몽들을?"

치호는 자신의 악몽에 관심이 있다는 로펠로의 말을 허투루 넘길 수가 없었다. 이 악몽들은 주술사 달무르가 제작한 것이기에 그것에 관심 있어 하는 로펠로가 수상하게 느껴졌기 때문이다.

"그래, 그때 우리가 풀어준 녀석들이 헛소문을 퍼뜨리는 모양이야. 죽음을 거부하는 저주받은 존재에게 죽으면 축복

따윈 없고 영원한 고통만이 가득할 거라고 말이지."

"그래서 그 소문의 진위를 살피러 로펠로가 움직인다?"

"그렇지. 그 소리를 듣고 로펠로가 그 즉시 몸을 움직인 거라고 하더군. 뭐… 이런 것도 소문이라 정확하진 않지만 로펠로 영역 내의 거점 관리 상황을 보고 대충 확신한 거지. 로펠로가 거점 통치에는 별로 관심이 없다는 걸로 말이야. 어때? 너무 허무맹랑한 생각인가?"

치호는 대진의 말을 듣고 생각에 잠겼다. 만약 그 말이 사실이라면 로펠로가 악몽의 존재에 관해 알고 있다는 이야기이기 때문이다.

'그 녀석이 악몽들을 알고 있는 걸까? 흠, 일이 재미있게 돌아가는군. 일단 식량부터 마련하고 이곳에서 로펠로를 만나봐야겠다. 어쩌면 달무르와 악몽들에 관해서 알게 될지도 모르겠군.'

치호가 로펠로에 관해 계획을 세우면서 일행과도 이야기를 나누기 시작했다.

가능하면 식량 문제를 빠르게 해결해야 이곳 테마탄에서 걱정 없이 지낼 수 있기 때문이다.

"좋아, 그럼 식량 창고가 그렇게 허술하다면 오늘 밤 바로 결행하는 걸로 하지."

"크크크, 오래간만에 포식하겠군. 요즘에 매일 마른 식량만 먹어서 그런지 입이 다 헐 지경이라고."

"인벤토리에 식량을 넣어야 할 테니 가능하면 인벤토리를 정리해 둬. 그리고 인벤토리 확장하지 않은 사람들은 내가 돈을 줄 테니 확장해 두고."

치호는 지금까지 돈을 거의 사용하지 않았기 때문에 5,000 골드 이상 모여 있었다. 지금까지 사냥한 숫자에 비해 기껏 치호가 사용하는 거라고는 식량 정도가 전부이니 돈은 자연스레 모일 수밖에 없었다.

＊　　　　＊　　　　＊

치호 일행이 식량 창고를 털어먹을 계획을 하고 있을 때 그런 일행의 대화를 방해하는 목소리가 안내 데스크를 쩌렁 쩌렁하게 울렸다.

"로, 로펠로 님이 거점에 들어오셨다!"

안내 데스크의 문이 부서져라 박차고 들어온 사내는 마치 전쟁이라도 일어난 것처럼 큰 목소리로 안내 데스크의 사람들에게 정보를 전달했고, 그 순간 안내 데스크에 엄청난 소란이 일었다.

"뭐! 로펠로 님이 오셨다고?"

"어서 가자! 서둘러 움직여야 해!"

"같이 가! 내 자리 좀 맡아줘!"

"거점에 거의 모든 사람이 모일 텐데 자릴 어떻게 맡아! 빨리 와, 멍청아!"

"으으! 거기! 길 막지 말고 얼른 비켜!

안내 데스크에서 잠시 휴식을 취하고 있던 일행은 이런 테스터들의 반응에 황당했지만, 대진은 얼른 눈을 빛내며 치호에게 물었다. 치호 일행에게는 결정을 내려야 할 시간이 온 것이다.

"치호, 창고를 털려면 이보다 더 좋은 기회는 없을 것 같은데… 어때?"

"하지만 로펠로도 보고 싶은데… 얼른 로펠로 얼굴만 보고 창고로 가면 안 될까요? 아마도 오늘 저녁은 내내 소란스러울 것 같은데 서두를 필요가 없을지도……."

"치호 아저씨, 어떻게 할까요?"

치호 역시도 로펠로에 아주 관심이 많았기에 그의 얼굴을 보고 싶은 마음이 굴뚝같았다. 하지만 냉정하게 판단해야 하기에 신중하게 결정하기로 했다.

"마음 같아선 로펠로를 보고 싶긴 하지만 지금 저 인파에 몰리면 아마 제대로 움직이기도 힘들 거다. 그리고 서로 흩어지기라도 하면 골치 아파져."

"그럼 창고부터?"

"그래, 일단 창고 먼저 가서 식량을 확보한 다음 움직이지. 로펠로는 그 후에 차차 알아봐도 늦지 않을 것 같으니까. 게다가 로펠로가 왔다면 진상할 음식 준비 때문에 창고에 사람이 많아져 털어내기 힘들지도 몰라. 시간이 없어. 서두르자."

치호는 먼저 창고로 가서 식량을 확보하는 데 집중하기로 했다. 로펠로는 어차피 가시권에 들어왔으니 만나는 건 문제도 아닐 터, 일단 동료들을 위해서라도 식량부터 완비해 두는 게 좋을 것 같았다.

그런 결정에 다른 일행 역시 토 달지 않고 따라주었고, 일행은 어둠과 혼란을 틈타 식량 창고로 이동했다.

*　　　　*　　　　*

테마탄의 어둠을 뚫고 네 개의 그림자가 빠르게 움직이기 시작했다. 소란스러운 테마탄의 함성을 뒤로하고 전혀 다른 방향으로 향하는 네 개의 그림자가 어느 순간 목적지에 도착한 듯 발걸음을 멈추었다.

"로펠로 님이 오셨다는데… 제길."

"우리도 슬쩍 갔다 오면 안 될까? 누가 뭐라고 하겠어? 아무도 모를 것 같은데 말이지."

"안 돼, 안 돼. 그러다가 로펠로 님이 방문이라도 하시면 어쩌려고 그래? 아마도 로펠로 님이 오셨으니 얼마 안 있어 음식을 가져가려는 인원이 올 텐데 아무도 없어봐. 뭐라고 하겠어?"

"그, 그런가? 하필 이런 때 당직이라니. 재수가 없으려니까."

식량 창고의 문 앞을 지키고 있는 두 사람이 두런두런 이야기하며 불만을 토로하고 있었다. 로펠로의 행진을 구경하고 싶은 모양인데 그러지 못했기에 불만이 깊은 것 같았다. 그런 불만 가득한 테스터들을 지켜보고 있는 네 쌍의 눈, 치호 일행이다.

"치호, 저기가 식량 창고야?"

"그래, 저쪽 창문을 통해 들어가면 쉽게 들어갈 수 있다."

"그럼 서둘러 움직이자고. 저 녀석들 말처럼 음식을 가지러 온 녀석들이 많으면 그때는 진짜 불편해질 테니까."

대진의 말에 일행은 고개를 끄덕이며 다시금 어둠 속에 몸을 숨겨 이동하기 시작했다.

그런 네 사람의 움직임을 마음이 다른 곳에 가 있는 테마탄의 경비들이 발견하기란 불가능했다.

신경을 곤두세우고 경비를 서도 발견할까 말까 한데 지금처럼 마음이 다른 곳에 가 있는 상태라면 더더욱 불가능한 일이었다.

"조심해서 넘어와."

"아저씨도 참, 저 메이예요! 해결사 메이! 이런 잠입쯤이야
일도 아니라고요."

"미소도 조심하고."

"고마워요, 아저씨."

치호는 이미 창고 안에 들어와 봤기에 먼저 들어가서 일행
을 챙기고 있었다. 네 사람 모두 창고 안에 안전하게 들어오
자 주변을 살피기 시작했다.

역시나 창고 안을 따로 지키고 있는 이는 없었다.

"휘유, 이게 다 식량이야? 하긴 테마탄의 모든 인원을 먹여
야 하니… 양이 엄청나군."

식량 창고 안의 식량은 대진의 키보다도 두세 배는 높이
쌓여 있었다. 금방 변질되는 식품도 가끔 눈에 띄었는데 냉
장 보관을 하지 않아도 금방 먹을 것이기에 큰 문제는 없어
보였다.

"대체 이런 식량을 어떻게 구매하는 걸까요? 어떤 의미로
는 대단하네요."

"뭐… 상점 수정이 있다면 가능하지 않을까? 뭔가 우리가
모르는 기능이 있을지도 모르지. 안 그래?"

"하긴… 로펠로의 세력 정도면 별의별 정보가 다 귀에 들

어올 테니까 일반 테스터들이 모르는 뭔가가 있을지도 모르겠네요."

"아무튼 인벤토리에 최대한 꽉꽉 채워. 앞으로 어떻게 될지 모르니까."

"넵."

치호의 말이 떨어지기 무섭게 네 사람은 동시에 흩어지기 시작했다. 각자에 취향에 맞는 음식을 챙기기 위해서인지 바삐 움직이는 일행의 표정이 밝아 보였다.

'하긴… 요즘 제대로 먹질 못했으니 기쁠 만도 하지.'

치호도 그랬지만 요즘엔 마른 식량만 섭취하고 그나마도 아껴 먹느라 스트레스가 이만저만이 아니었다. 특히 치호의 경우 식량이 부족한 것에 대해 지극히 민감했다.

과거 지구에서 굶어 죽은 경험, 음식 때문에 치러지는 전쟁까지 다양한 경험을 했기에 음식에 누구보다 민감했다.

그나마 식량이 부족한 경우를 자주 경험해 본 치호도 그럴진대 그렇지 못한 일행이 느끼는 스트레스는 보통이 아니었을 것이다. 현대에서는 특이한 케이스가 아니고서는 그런 경험을 하기는 힘들 테니 말이다.

그저 지금까지 군말하지 않고 따라준 일행이 고맙게 느껴졌다. 지금 저렇게 표정이 밝은 것을 보면 그간 스트레스가 보통이 아니었음에도 티 내지 않고 치호를 믿고 따라준 것이나 마찬가지이기 때문이다.

치호는 그런 일행을 보며 잠시 흐뭇한 미소를 짓고 움직이기 시작했다. 언제까지 감상에 빠져 있을 수만은 없으니 빨리 움직여야 했다.

"다들 어느 정도 채웠지?"

"그나저나 우리가 인벤토리에 이렇게나 가득 채웠는데 티도 나지 않으니… 이거 뭐 할 말이 없네."

"대진 아저씨, 근데 고기류만 챙기면 어떻게 해요. 물이랑 채소도 챙겨야죠."

"이 계집애가? 시끄러! 남자는 고기만 먹어도 살아. 나처럼 최고급 고기를 챙기는 게 중요한 거지 그런 건 중요한 게 아니야."

"하여튼 못살아. 제가 아저씨 챙기는 거 보고 음료랑 채소 위주로 챙겼으니까 나중에 나눠 먹어야 돼요? 알겠죠?"

"어허, 거참, 고기만 먹어도 살 수 있다니까 그러네."

창고 안에서 대진과 메이가 툭탁거리고 있고, 옆에 있는 미소 역시 인벤토리를 가득 채운 모양이다. 이제 빠져나가기만 하면 될 텐데, 문제는 그때 원하지 않는 소리가 네 사람의 귀에 들려왔다.

쿠르릉!

"제길, 숨어!"

아무래도 로펠로 때문에 식량을 가지러 온 인원이 창고로 들어오는 듯 보였다.

네 사람은 식량 창고가 열리는 그 소리를 듣자마자 누가 먼저랄 것도 없이 창고의 어둠 속에 몸을 숨기고 숨소리조차 내지 않았다.

여기서 들키면 일이 복잡하게 꼬일 것은 보지 않아도 뻔하기 때문이다.

"로펠로 님이 뭘 좋아하실까?"

"흠, 일단 고기로 챙기는 게 좋지 않을까?"

"그렇긴 한데… 괜히 불안하단 말이야? 어이, 거기, 로펠로 님이 뭘 좋아하신다는 이야기 들은 거 없어?"

창고로 들어온 사내가 밖에 있는 이들을 향해 외치자 그 목소리가 다른 이들의 이목을 집중시켰다.

"글쎄, 나도 들은 거 없는데?"

"뭐야, 로펠로 님 식사를 준비하는 거야? 그럼 이쪽으로 와봐. 내가 최고급만 따로 빼놨거든."

로펠로의 음식을 준비한다는 소리에 테마탄의 테스터들이 하나둘 모이기 시작했다.

어둠 속에 숨어 있는 치호 일행은 점차 난감해졌다. 그중에서도 특히 대진의 얼굴은 구겨지다 못해 딱딱하게 굳어지기 시작했다.

"이거 뭐야? 내가 따로 빼둔 최고급 고기가 다 어디 갔어?"

"응? 왜 그래? 무슨 일이야?"

"아니, 내가 로펠로 님이 오실 줄 알고 따로 빼둔 최고급 고기가 모조리 사라졌어."

"뭐? 그럴 리가? 잘 찾아봐."

"아니야. 내가 한두 번 창고에 들어오는 것도 아니고 그런 것도 모를까봐? 마지막으로 확인할 때도 분명히 있었는데 도대체⋯⋯."

말을 나누던 테스터들의 눈이 무언가 눈치라도 챈 듯 빛나기 시작했다.

그들도 뭔가 이상한 점을 눈치챈 것이다.

서로 눈을 맞추던 테스터들이 각자의 무기에 손을 올리고 크게 외쳤다.

"아주 큰 쥐새끼라도 있는 모양이지? 어?"

"요즘 조용하다 싶었는데 꼭 이런 놈들이 한둘은 있다니까. 그렇게 처먹고 싶었냐? 어서 썩 나오지 못해? 감히 식량에 손을 대? 오늘은 그냥 못 넘어간다!"

"감히 로펠로 님께 올릴 음식에 손을 대다니, 빨리 나와!"

평소에도 이런 일이 가끔 일어났던 모양이다. 테스터들끼리는 알면서도 적당히 넘어가 준 모양인데 문제는 대진이 챙긴 최고급 고기가 문제가 된 것 같았다.

대진이 최고급 고기 어쩌고 하면서 군침을 흘리더니 그 고기가 특별히 로펠로를 위해 따로 준비해 둔 재료인 모양이다.

―치호, 어쩌지?

―하여튼 대진 아저씨, 내가 이럴 줄 알았어요. 고기만 챙기지 말라니까.

〈영혼의 메아리〉를 통해 들려오는 작은 두 사람의 목소리가 치호의 귓가를 간질였고, 치호는 빠르게 결정해야 했다. 테마탄의 테스터가 몰려오기 전에 일을 처리해야 하기 때문이다.

―내가 앞에 둘, 대진, 메이, 미소, 뒤에 하나씩 단숨에 처리한다. 가능하겠어?

―거리가 있긴 하지만… 해야지. 제길.

―좋아, 셋에 간다.

치호 일행의 이마에 땀방울이 송골송골 맺히기 시작했다. 혹시 일이 틀어지면 곤란하기 때문이다.

더욱이 지금은 보통의 깊은 밤도 아니고 로펠로가 입성했기에 테마탄의 모든 테스터가 깨어 있을 것이다.

그런 상태에서 소란이 일어난다면 테마탄의 모든 테스터가 치호 일행을 제압하기 위해 달려들 것이 뻔했다.

특히나 로펠로가 거점에 들어온 지 얼마 되지 않았기에 암살을 기도하는 인원으로 오해받아 정말 미친 듯이 달려들 것이라는 것은 치호 일행 모두가 쉽게 예측할 수 있는 사실이다.

비록 치호가 거점 내에서 스킬을 쓸 수 있긴 하지만 거점 안의 모든 테스터를 상대하려면 결국 거점에 심각한 피해를 초래할 것이다.

마치 과거 클레이가 그런 것처럼 테러 수준의 일이 벌어지지 않으리라고 장담할 수 없었다.

그렇기에 일행은 더욱 긴장했다.

그때 '영혼의 메아리'를 통한 치호의 목소리가 일행의 귓가를 간질였다.

—하나.

치호의 카운트가 시작되었다.

대진, 메이, 미소는 각자가 맡은 인원에게 달려들 최단 루트를 계산하기 시작했다.

—둘.

치호를 비롯한 일행은 각자의 무기에 손을 올려 즉시 도약할 준비를 마쳤다. 단숨에 처리해야 하기에 실수는 용납될 수 없었다.

—셋!

"어서 나… 컥!"

"헛! 어억!"

풀썩!

셋이라는 목소리가 들림과 동시에 치호는 빛살처럼 튀어나가 제일 앞의 두 사람을 처리했고, 일행도 각자 맡은 인원을 순식간에 처리했다.

"좋아, 어서 빠져나가자!"

창고 안에 들어선 테마탄의 테스터가 거의 동시에 쓰러졌고, 대진은 성공을 확신했다. 하지만 그런 대진과 일행의 표정은 대진의 말이 끝나기가 무섭게 구겨지기 시작했다.

"삐익! 침입자다! 식량 창고에 침입자가… 끄윽!"

풀썩!

창고에 들어오지 않고 문밖에 있던 인원이 치호 일행을 보고 호각을 불며 외친 것이다. 치호가 녀석의 말이 끝나기도 전에 쇄도, 테스터를 제압해 입을 막았지만 이미 늦은 것 같았다.

치호의 〈광인의 영역 선포〉에 감지된 기척이 빠르게 식량 창고를 향해 모여들고 있었던 것이다.

"제길! 서둘러 빠져나간다!"

치호가 일행에게 외치듯 말하자 잔뜩 구겨진 표정의 일행이 치호의 뒤를 따르기 시작했다. 가장 바라지 않던 결과가 벌어질 것 같은 예상이 들었기 때문이다.

"밖에 한 놈이 더 있을 줄은……."

"나도 다른 테스터들의 기척과 겹쳐서 놓친 게 실책이다."

"지금 그런 거 따질 때가 아니에요. 어서 움직이자구요."

치호를 필두로 일행이 빠르게 움직였지만 이미 테마탄의
테스터들이 구름 떼처럼 몰려들고 있었다.

"저기! 저기 있다!"

"식량 창고 경비를 서던 녀석들이 쓰러져 있어!"

"저기 저놈들이다! 놓치지 마! 로펠로 님을 암살하려는 놈
들이다! 놓친다면 우리의 수치다!"

"로펠로 님을 수호해라!"

한밤중에 거점 테마탄에서 추격전이 벌어졌고, 시간이 지
날수록 치호 일행에게 불리하게 돌아가기 시작했다.

아무리 일행이 뛰어난 실력을 갖췄다지만 테마탄에서 생
활하는 모든 테스터가 치호 일행을 찾아 나서니 제대로 몸
을 감출 수 있는 곳이 없었기 때문이다.

치호와 일행은 테마탄의 테스터들을 피해 빠르게 움직였
지만, 그보다 더 빨리 조직적으로 움직이는 테마탄의 테스터
들에게 두 손을 들 수밖에 없었다.

"치호, 강행 돌파라도 해야 할 것 같은데?"

"아저씨, 어서 결정을 내려야 해요. 시간이 없어요. 지금

이 순간에도 사람들이 몰려들고 있다구요."

치호는 메이와 대진 두 사람이 닦달하기 시작하자 인상을 구길 수밖에 없었다. 치호가 느끼기에도 지금 몰려오는 테스터들의 숫자가 만만치 않았기 때문이다.

'제길, 별수 없나?'

치호는 잠시 생각하는 듯싶더니 조용히 스킬을 사용했다.

"율리아의 전투 함성!"

"오오! 역시 이 느낌은 언제 느껴도 신기하다니까!"

"감탄할 시간 없어요. 어서 길을 뚫자고요."

〈율리아의 전투 함성〉으로 인해 치호 일행은 기본 능력에 100%가 향상된 능력으로 질주하기 시작했고, 눈앞을 가로막는 이들을 하나씩 쓰러뜨리며 출구를 향해 내달렸다.

그런 이들의 뒤에는 테마탄의 테스터들이 줄지어 쓰러져 신음을 토해내고 있었다.

그나마 거점 안이라서 최악의 상황은 면한 것이다. 만약 거점이 아닌 필드에서 이런 상황이 벌어졌다면 치호는 망설임 없이 〈투사의 발걸음〉부터 발동시켜 주위를 불태웠을 것이다.

하지만 거점 안에서 스킬을 사용할 수 있는 테스터는 치호밖에 없기 때문에 일행의 능력을 향상시켜 줌으로써 활로를 찾을 수 있을 것 같았다.

"치호 아저씨! 저기예요! 출구가 보여요!"

"어서 가자고."

"치호 아저씨, 그나마 식량은 챙겨놔서 다행이에요. 만약 식량도 없었다면 정말 큰일 날 뻔했어요."

메이와 미소는 저 멀리 테마탄의 성벽이 보이자 마음이 조금 놓이는지 안도의 한숨을 내쉬었다. 조금 전까지만 해도 테마탄의 테스터들에게 둘러싸여 어찌할 바를 몰랐는데 치호의 스킬 하나에 위기 상황을 넘겼기 때문이다.

하지만 그것도 잠시, 치호 일행을 가로막는 이들이 다시금 나타나기 시작했다. 그런데 그들의 모습이 지금껏 치호 일행을 가로막던 테스터들의 모습과 사뭇 달랐다.

"네놈들이 로펠로 님을 해하려 한 자들이냐?"

"용서할 수 없다! 우리의 최후의 희망을 빼앗으려 한 자들을 곱게 돌려보낼 수는 없지!"

"배후를 불어야 할 것이다!"

테마탄의 성벽에 다다라 일행을 가로막은 이들은 총 열두 명.

각양각색의 모습을 하고 있는 테스터들과는 달리 지금 나선 자들은 모두가 검은 로브를 깊게 눌러쓰고 고개조차 들지 않으며 말했다.

대진이나 미소, 메이는 만약 보통의 테스터였다면 발걸음을 멈추지도 않고 오히려 쇄도했을 테지만, 그들에게서 느껴지는 기운이 심상치 않아 발걸음을 멈추고 그들과의 거리를 재며 빈틈을 찾았다.

이 상황에 치호의 미간이 찌푸려졌다. 치호의 얼굴은 왠지 다른 일행과는 다른 이유가 있다는 듯 그들을 바라보고 있었다.

'어디선가… 왜 이렇게 느낌이 낯익지?'

검은 로브를 눌러쓴 이들의 기운이 왠지 낯설지 않았다. 하지만 그런 치호의 생각은 거기서 멈출 수밖에 없었다. 그들이 선제공격을 하고 나섰기 때문이다.

"헛! 빠, 빠르다! 조심들 해!"

까강!

"아저씨, 메이, 이 녀석들 힘이 보통이 아닌데? 꺼져, 이 자식들아! 달라붙지 말라고!"

미소는 검은 로브의 인물들이 달려들자 거칠게 검을 뽑아들어 그들에게 응대했고, 그런 미소를 필두로 대진과 메이 역시 공격을 시작했다.

하지만 검은 로브를 쓴 이들의 실력도 보통이 아닌지 그런 세 사람의 공격을 절묘하게 피해내며 빈틈을 찔러오기 시작했다. 치호를 제외한 세 사람은 치호가 사용한 〈율리아의 전투 함성〉이 있음에도 불구하고 밀리는 듯한 분위기였다.

비록 로브를 쓴 이들의 숫자가 더 많다고는 하나 스킬 효과까지 받은 상태의 일행과 대등하게 싸우고 있다는 것 자체가 신기했다.

더욱이 치호 일행은 모두가 '영광의 기록서'에 이름을 올린 이들. 그런 이들과 호각지세라는 것은 가벼이 넘길 만한 일이 아니었다.

"반항하지 마라! 우리 친위대가 나선 이상 너희에게 미래는 없다! 순순히 투항해라!"

"닥쳐, 인마! 투항은 무슨! 무슨 꼴을 당하려고!"

"어리석은 자들, 무엇을 위해 그리도 필사적인가? 너희들은 결코 우리를 넘어설 수 없다! 우리 망령들에게는……!"

검은 로브를 쓴 이들은 무엇인가 결정이라도 했다는 듯 기세가 바뀌기 시작했다. 무슨 짓을 꾸미는지 정확히는 알 수 없었지만 치호 역시 뭔가 위험하다고 느꼈기에 더 이상 느긋하게 구경만 할 수는 없었다.

'저 녀석들, 대체 뭐지? 후우, 어쩔 수 없군.'

치호는 어딘가 낯익은 기운 때문에 공격하기를 주저하며 사태를 관망하려 했지만 일이 쉽게 풀리지 않을 것 같았다. 이대로 시간을 더 끌다간 일행이 위험해질 것 같았기에 또 다른 스킬을 사용하기로 했다.

"13인의 악몽."

치호는 피해를 최소화하기 위해 그나마 자신이 가진 스킬 중 가장 파괴적이지 않은 악몽들을 소환했다.

치리릭.

팔찌가 순식간에 검은 완갑으로 변해 치호의 어깨를 감쌌고, 그 완갑에서 검은 연기가 뿜어져 올라오며 13명의 악몽을 소환해 내기 시작했다.

"검은 로브를 착용한 자들을 최우선으로 제압한다. 최대한 빠르게. 다른 테스터들의 피해는 최소화하도록."

괜히 98인의 악몽을 모두 소환할 필요가 없었기에 치호는 최소한의 악몽만을 소환해 빠르게 일을 처리하고 자리를 피할 생각이었다. 하지만 그런 치호의 생각은 악몽들의 예상치 못한 행동에 제동이 걸렸다.

악몽들이 치호의 명령에 움찔하는 것 같더니 검은 로브를 쓴 자들에게 달려들지 못하고 있는 것이다.

치호는 악몽들의 예상치 못한 행동에 당황했지만 그런 것은 악몽뿐만이 아닌 것 같았다. 검은 로브를 깊게 눌러쓴 이들도 소환된 악몽들을 보고 놀라는 듯하더니 기세를 거두고 서둘러 뒤로 물러났다.

분명 상황 자체는 흥미로운 상황이었다. 평소의 치호였다면 이런 악몽들의 행동이 재미있다는 듯 상황을 좀 더 지켜보겠지만 지금은 상황이 달랐다.

일이야 어찌 되었건 악몽들이 치호의 명령을 거부한 것이다.

무슨 일이 있어도 자신의 명령을 따라야 할 악몽들이 치호의 명령을 거부하고 독자적으로 움직이기 시작했다.

더욱이 치호를 가로막고 일행을 공격한 적들에게 일말의 망설임을 보이며 주인의 명을 거부했다.

"너희, 내 명령을 거부한 것이냐?"

악몽들을 돌아보는 치호의 눈은 지금의 사태에 깊이 분노했는지 눈에서 무저갱 같은 검은 귀화가 타오르고 있었다. 가장 믿고 있던 것에게 배신당한 느낌이었다.

아무리 뛰어난 명마라도 주인의 말을 듣지 않는다면 쓸모없는 짐승일 뿐, 악몽 또한 마찬가지였다.

그간 아무리 쓸모 있었다 하더라도 자신의 명령을 거부하고 절체절명의 순간 아무짝에 쓸모없다면 그것이 아무리 귀하다 해도 그저 쓰레기일 뿐이었다.

그런 약간의 망설임이 전장에서는 목숨을 가르는 중요한 분기점이 되기에 지금 악몽들이 한 행동은 치명적이었다.

이에 치호는 분노를 담아 악몽들에게 말했다.

"주인의 말을 듣지 않는 것은 쓸모없지. 너희들은 이제 필요 없다."

냉기가 뚝뚝 떨어지는 말에 악몽들은 뒤늦게 사태의 심각

성을 느꼈는지 검은 로브를 쓴 자들에게 달려들기 시작했지
만 이미 때는 늦었다.

이미 치호의 손이 검은색으로 빛나기 시작했기 때문이다.
일전에 치호의 몸을 차지한 녀석이 사용하던 기술을 치호가
사용하려는 것이다.

끄드득, 끄드득.

그 검은 힘이 손끝에 어느 정도 모이자 치호는 완갑을 뜯
어내기 시작했다. 완갑은 치호의 검은 손의 힘을 이겨내지
못하고 조금씩 부서져 내리기 시작했고, 악몽들은 검은 로브
인들에게 채 도착하지도 못하고 팔찌로 역소환되었다.

그럼에도 치호는 멈추지 않고 완갑을 완전히 박살 내려는
듯 움직임을 멈추지 않았다. 그런 치호의 태도에 가장 먼저
반응한 것은 아이러니하게도 검은 로브를 쓴 자들이었다.

"자, 잠깐! 멈춰!"

"멈춰라!"

"확인해 볼 것이 있다! 멈춰라, 테스터여!"

검은 로브인들은 치호를 말렸지만 치호에게 그런 목소리
는 가소롭게 들렸다.

"내게 명령하는 것이냐?"

검은 귀화가 타오르는 치호의 눈은 검은 로브인들에게 향
했고, 그것과 마주친 로브인들은 심령을 제압당했다.

"커헉! 죄, 죄송합니다."

"이, 이럴 수가!"

"사죄… 용서를!"

로브인들은 치호의 눈길을 피하지 못하고 그대로 무릎을 꿇기 시작했다. 이 광경을 본 대진을 비롯한 일행은 지금 상황을 도무지 이해할 수가 없었다.

"치, 치호, 어떻게 된 일이야?"

"별일 아니다. 개가 주인을 물었군."

"으, 궁금하긴 한데 지금은 때가 아니군. 제길. 나중에 꼭 설명해 줘야 해?"

"알았다."

대진은 그런 치호의 검은 귀화가 느껴지지 않는지 아무렇지도 않게 치호와 대화를 이어갔다.

치호가 대진과 대화를 평소처럼 할 수 있는 걸 보면 예전처럼 치호 안의 다른 이들에게 몸을 강탈당한 것은 아닌 것 같았다. 그저 로브인들만이 치호 앞에서 어쩔 줄 몰라 하고 있을 뿐이었다.

그러길 잠시, 뜯겨져 나간 완갑이 다시금 팔찌 모양으로 돌아왔고, 치호는 그런 팔찌를 일말의 망설임도 없이 빼서 한 손에 들었다.

"흥, 달무르가 만든 물건이 쓸 만하다 싶었더니 어째 제 주인 놈과 똑같은 물건을 만들어냈군."

어찌 보면 악몽들이나 달무르가 자신의 명령을 거부한 것은 생각해 보면 웃기는 일이었다. 치호는 팔찌를 바라보며 피식 웃었고, 조금 전까지 기세등등하던 로브인들은 그저 그런 치호를 망연히 바라보고 있을 수밖에 없었다.

이상하게도 로브인들은 치호를 거부조차 할 수 없는지 무릎까지 꿇고 그저 치호의 처분을 기다리는 것 같았다.

치호는 그런 로브인들을 힐끗 본 후 팔찌를 쥔 손에 힘을 주기 시작했다. 완전히 박살 내려는 심산이다.

하지만 바로 그때, 치호 앞에 또 다른 인물 하나가 다급히 나섰다.

그 역시 검은 로브를 쓰고 있었는데 그에게선 저기 앞에 무릎을 꿇고 이들과는 비교조차 할 수 없을 정도로 강한 기운이 느껴졌다.

그런 그가 치호가 팔찌를 부수려는 행동을 보고 다급히 말했다.

"잠시… 잠시만 기다려 주십시오."

치호는 황급히 나서는 이에게 호기심을 느꼈다. 그가 가진 기운 역시 어딘가 낯익었기 때문이다.

"누구냐, 너희들은? 왜 자꾸 나를 방해하지?"

그저 자신의 아이템을 부수려는 것일 뿐인데 검은 로브를 쓴 녀석들도 그렇고 방금 나타난 녀석도 계속 자신을 말리려 했다.

그런 모습에 호기심을 느낀 치호가 물었고, 조금 전 나타난 이가 공손히 로브를 벗으며 무릎을 꿇고 치호에게 말했다.

"드디어 뵙습니다, 어둠이시여. 저는 길잡이 로펠로입니다."

치호가 그리도 보고 싶어 하던 로펠로가 치호 앞에 스스로 나선 것이다.

제7장
달무르의 제자들

로펠로가 치호 앞에 나서자 치호는 하던 일을 멈추고 로펠로를 훑어보았다. 그에게서도 역시 어디선가 낯익은, 아니, 익숙한 기운이 느껴진 것이다.

　더욱이 치호가 뿌리는 검은 귀화에 반응이라도 하는 것인지 자신이 로펠로를 바라볼 때마다 움찔움찔 떠는 것에 흥미가 돌기 시작했다. 하지만 검은 로브인들처럼 쉽게 심령이 제압되는 것 같지는 않았다. 그런 녀석에게 치호 역시 강제할 마음은 없었기에 눈의 검은 귀화를 풀어내며 말했다.

　"로펠로?"

"그, 그렇습니다, 어둠이시여. 지금 이 시간만을 기다려 왔습니다. 드디어 만나게 되는군요."

"어둠?"

금방이라도 울음을 터뜨릴 것처럼 울먹이며 말하는 로펠로의 말을 치호는 제대로 이해할 수가 없었다. 그렇기에 팔찌에서 손을 떼고 천천히 로펠로에게 다가가며 물었다.

"누구냐, 너? 그 기운, 낯이 익는데."

"후우, 말씀드릴 것이 너무나 많습니다. 어둠이시여, 부디 노여움을 푸시고 제가 안내할 수 있도록 허락해 주십시오."

"호오, 그래?"

치호는 한 세력의 수장이라 자처하는 자가 자신에게 고개를 숙이고 낮은 자세로 나오는 것이 재미있었다. 사실 로펠로를 만났을 때 극렬한 전투를 하지 않을까 하는 예상하고 있었는데 로펠로의 태도가 생각 밖이었기 때문이다.

그런 치호와 로펠로를 지켜보던 대진이 치호에게 성큼성큼 다가와 살며시 치호의 귓가에 속삭이듯 말했다.

"치호, 이게 어떻게 된 일이야? 뭐 아는 것 좀 있어?"

"글쎄? 일이 좀 재미있게 돌아갈 것 같은데?"

"재밌기는 개뿔, 심장 쫄려 뒤지겠구만. 주변에서 테마탄의 테스터가 곧 몰려올 거라고. 돌파할지 아니면 스스로 로펠로라고 하는 저 녀석을 믿고 한번 가볼지 어서 결정하라고."

"흠……."

미소와 메이 역시 치호에게 다가와 의견을 나눴다.

"아저씨, 저 사람, 자기가 로펠로라고 하긴 하는데 진짜일까요? 로펠로는 얼굴 자체가 베일에 싸여 있어서… 알아보기가 너무 힘들어요."

"그런데… 저 사람한테 풍기는 기운이면 로펠로라고 해도 믿겠는데? 저 사람, 보기보다 엄청 강한 사람이야."

미소는 로펠로에게 경계를 풀지 않고 대충 실력까지 파악해 둔 것 같았다. 상황이 어떤 식으로 변할지 모르니 미리 파악해 둔 것이다. 세 사람의 의견을 모두 듣고 치호는 잠시 고민하는 듯하더니 결정을 내린 듯 로펠로에게 말했다.

"좋아, 어디 한번 안내해 봐."

"감사합니다, 어둠이시여! 저를 따라오십시오."

로펠로는 그런 치호의 말에 뭐가 그리도 기쁜지 얼굴에 화색이 돌면서 빠르게 치호 일행을 안내하기 시작했고, 치호 일행은 의심을 거두지 않고 그런 로펠로의 뒤를 따랐다.

치호를 제외하고는 로펠로를 따르는 것이 불안한 것 같았지만 치호는 나름대로 확신이 있었다. 로펠로에게서 느껴지는 기운이 어딘가 익숙한 것에 끌렸기 때문이다.

로펠로를 따라가기를 잠시, 얼마 지나지 않아 테마탄의 테스터들이 로펠로 일행을 감싸기 시작했다.

"로펠로 님을 뵙습니다. 먼 길 피곤하셨을 텐데 불편하게 해드려 죄송합니다."

"불상인이 거점에 침입한 것 같습니다만 곧 처리하겠습니다. 저희 테마탄의 자존심을 걸고."

"한데… 저기 뒤편에 못 보던 분들이 계신데, 혹 여쭈어 봐도 되겠습니까?"

로펠로를 따르는 12명의 로브인 외에 치호 일행이 보이자 테마탄의 테스터들이 의혹의 눈빛으로 치호 일행에 관해 물었다.

그러자 로펠로가 그런 테스터들에게 말했다.

"귀한 손님들이시다. 무례를 범하지 말라."

"헛! 예, 예, 죄송합니다."

"저, 저희는 침입자를 찾으러 물러나겠습니다."

그들은 마치 대역죄라도 지은 것처럼 용서를 구했다. 로펠로의 손님을 의심했다는 것 자체가 불경이란 것을 깨달은 것이다.

로펠로의 한마디에 자신들의 의심을 완전히 지우고 자신을 책망하는 듯한 표정은 인상적이었다. 마치 로펠로의 말이 법인 것처럼 그들은 로펠로를 따르고 있었다.

치호 일행이 따돌리려고 해도 쉽게 떨어지지 않던 테마탄의 테스터들은 로펠로의 한마디로 너무 쉽게 물러나고 있었다.

"죄송합니다. 어서 모시겠습니다."

"그래, 테스터들이 아주 충성심이 대단하군그래."

"하아, 부끄럽습니다. 가시지요."

끝까지 공손한 태도를 잃지 않는 로펠로의 행동에 치호는 옅은 미소를 지으며 말없이 그를 따랐다. 그런 치호를 따르는 일행은 여전히 긴장된 표정이었지만 상황이 상황인지라 따르는 수밖에 없었다.

한참을 걸어 도착한 곳, 로펠로의 숙소 안이었다.

숙소는 치호 일행이 필드에 넘어와서 본 그 어떤 곳보다 호화롭게 꾸며져 있었다. 각종 가구에 세공은 지구의 현대 세공 못지않게 아름답게 꾸며져 있었으며, 어두운 숙소를 밝히는 물품은 마치 현대의 형광등이라도 켜둔 것처럼 밝은 빛을 비추며 숙소의 구석구석을 밝히고 있었다.

로펠로는 그런 숙소의 응접실에 일행을 안내하고는 치호에게 자리를 권했다. 치호 일행은 로펠로가 권하는 자리에 앉아 상황을 살피기 시작했다. 어째서 이런 대접을 해주는지 어리둥절했기 때문이다.

"그런데 왜 그렇게 서 있어? 정신 사납게 굴지 말고 앉아."

로펠로는 치호에게 자리를 안내하고도 허리를 굽히고 서 있었다. 그런 로펠로를 향해 치호가 앉으라고 말하자 그제야 로펠로는 자리에 앉았고, 그를 따르는 열두 명의 검은 로브인은 로펠로 뒤에 시립했다.

슬슬 이야기할 준비가 된 것 같아 보이자 치호가 로펠로에게 물었다. 녀석에게는 궁금한 것이 많기에 이야기가 길어질지도 몰랐다.

"자, 이제 이야기를 좀 나누어보지. 로펠로, 너 뭐냐?

치호가 자리에 앉아 퉁명스레 묻자 일행의 시선이 로펠로에게 쏠렸다. 그들도 로펠로가 이러는 이유가 궁금했기 때문이다.

그러자 로펠로는 한숨을 크게 내쉬고 천천히 입을 떼기 시작했다.

"후우, 말씀을 드리기 전에 마을에서 제 간청을 들어주셔서 감사합니다."

"아, 이 팔찌?"

"예, 정말 감사합니다."

치호는 녀석이 팔찌를 언급하는 태도에 눈을 빛냈다. 분명이 녀석은 달무르와 연관이 있는 게 틀림없었다. 지금껏 필드의 그 누구도 알아채지 못한 팔찌를 언급하는 걸 보면 말이다.

하물며 치호의 일행도 팔찌에서 악몽들이 나오는 걸 알지 못한다. 그저 스킬의 일종으로 알고 있을 뿐. 하지만 로펠로 이 녀석은 꼭 찍어 팔찌를 언급하고 있었다.

"너… 한테 들어야 할 말이 좀 많을 것 같은데?"

"후우, 어디서부터 말씀을 드려야 할지… 일단 악몽들에 대해서 말씀드리겠습니다."

로펠로가 그렇게 말하고는 뒤에 있는 검은 로브인들에게 눈치를 주었다. 그러자 검은 로브인들이 잠시 멈칫하더니 결심을 했는지 천천히 깊게 눌러쓴 로브를 벗었다.

그리고 로펠로 역시 깊게 눌러쓴 로브를 벗었을 때, 앞에 있는 치호를 제외한 일행 모두의 얼굴이 찡그려지기 시작했다.

그들의 몰골이 말이 아니었기 때문이다.

"으, 치호. 뭐야, 이거?"

"어떻게… 저러고 돌아다닐 수가 있는 거죠?"

"살아 있기는 한 거야? 아무리 필드라지만… 너무하잖아."

일행은 로브를 벗어 던진 로펠로 일행의 모습을 보며 한 마디씩 했지만 치호만큼은 얼굴을 굳히고 그들의 모습을 유심히 살폈다. 필드에서 본 적 있는 모습이기 때문이다.

얼굴은 제대로 알아볼 수 없을 만큼 뭉개져 있고 살은 썩어들어 가는 듯한 모습, 거기에 방금 전 치호 일행과의 전투에서 다친 상처인지 뼈까지 드러나 있는 그들의 모습은 목불인견이었다.

그런 상처에도 고통 따위는 느끼지 않는지 그 흔한 핏자국 하나 없었다. 마치 썩은 지푸라기처럼, 바싹 마른 통나무처럼 그냥 그렇게 서 있을 뿐이다.

마치 땅에 묻혀 썩어가고 있는 시체를 그대로 꺼내 왔다고 해도 믿을 수 있을 만한 모습의 그들이다.

일행은 그런 모습에 인상을 찌푸리며 저도 모르게 무기에 손을 올렸지만, 치호만큼은 주먹을 꽉 쥐고 로펠로에게 말했다.

"로펠로, 너희… 이 필드의 원주민이냐?"

치호의 목소리에 담겨 있는 분노가 누구를 향하는 것인지 알 수 없었지만 듣는 이로 하여금 그 목소리만으로도 소름을 돋게 할 정도의 힘이 담겨 있었다.

그런 치호를 보며 로펠로가 고개를 떨구며 말했다.

"맞습니다, 어둠이시여. 저희는 투신 바르시의 자손들이자 달무르의 간악한 술수에 속아 저주를 받은 존재들입니다. 제발 저희에게 죽음의 안식을 내려주십시오."

그렇게 말하고는 로펠로가 무릎을 꿇었고, 뒤에 시립해 있는 열두 명의 검은 로브인들 역시 무릎을 꿇기 시작했다.

갑작스레 벌어진 어리둥절한 상황에 치호를 비롯한 일행은 어떻게 반응해야 할지 몰랐지만, 대진은 뭔가 눈치챈 듯 치호에게 말했다.

"치, 치호, 저들의 몸에 있는 문신들, 그리고 피부색, 어쩐지 네 스킬에 있는 악몽들하고 비슷한 것 같은데… 설마?"

대진의 말에 메이와 미소 역시 치호를 보며 집중했다. 그러자 치호가 천천히 고개를 끄덕이며 말했다.

"아무래도… 저들 역시 악몽과 같은 존재들인 것 같은데… 그래서 내 악몽들이 망설인 것 같군."

"허, 아무리 필드라지만 이건 너무한 거 아니야?"

"사람을… 사람을 어떻게 이렇게 만들 수 있어요? 대체 누구예요, 이런 미친 짓을 하는 사람이?"

"치호 아저씨, 무슨 방법이 없어요?"

일행은 로펠로 일행을 보면서 도와줄 방법이 없는지 치호에게 물었고, 치호는 자신 앞에 무릎을 꿇고 앉아 있는 로펠로 일행에게 말했다.

"그렇게 무릎을 꿇는다고 해서 해결되는 건 없어. 일어나서 설명해 봐. 뭐가 어디서부터 어떻게 된 건지."

치호 역시 지금의 상황이 짜증나기는 마찬가지였다. 달무르가 남긴 〈라플렌의 꽃〉을 제거하면서 그곳에 있는 저주받은 존재를 모조리 처리했다고 생각했는데 생각지도 못한 곳에서 살아 움직이는 그들을 발견한 것이다.

치호는 자신 때문에 이런 지옥의 고통을 겪고 있는 이들이 있다고 생각하니 열불이 치솟았지만 마음을 가라앉히고 사정을 들어보기로 했다.

로펠로는 어쩌면 달무르의 이야기부터 숨겨진 필드의 이야기까지 알고 있을지도 몰랐다.

저들이 무릎 꿇고 자신에게 죽음을 부르짖을 정도라면 이 필드에서 누구보다 오래 생활해 왔을 것은 분명할 테니 말이다.

"저희가 이렇게 된 것의 시작, 그 모든 시작은 한때 저의 스승이자 저희 부족의 지주이던 달무르, 그 저주받은 자에 의해 시작되었습니다."

로펠로는 치호의 물음에 과거를 회상하듯 천천히 이야기를 시작했다.

치호와 일행은 긴장된 표정으로 로펠로의 이야기를 집중하기 시작했다. 특히 치호의 경우에는 더욱 그럴 수밖에 없었다.

자신의 과거를 깨끗하게 처리했다고 생각했는데 생각지도 못한 곳에서 또 다른 흔적, 아니, 치웠다고 생각한 흔적이 다시금 살아났기 때문이다.

치호는 말을 막 시작하는 로펠로의 입에서 처음부터 달무르의 이름이 나오자 입술을 깨물었다. 예상한 인물이 튀어 나왔기 때문이다.

"달무르… 스승이라고?"

"예, 그렇습니다, 어둠이시여."

"조금 긴 이야기가 될지도 모르겠군."

"부디 저희들의 이야기를 들어주십시오. 부탁드립니다."

"좋아, 한번 말해봐."

애원하는 로펠로는 한 지역의 패자라고 할 수 없을 정도로 고개를 숙였고, 대진과 메이는 물론 미소까지 그런 로펠로의 태도에 적응할 수가 없었다.

"대진 아저씨, 저 사람들, 왜 저렇게 치호 아저씨한테 공손한 걸까요?"

"내가 알면 이러고 있겠냐? 으흠, 치호가 이것저것 비밀이 많기는 하지만 나랑 같이 필드를 넘어온 건 틀림없는데… 하여튼 지켜보자고."

"메이, 대진 씨, 긴장을 풀지 마세요. 혹시 어떤 일이 있을지도 모르니까. 이곳이 필드라는 걸 잊지 마세요."

마지막으로 미소가 두 사람에게 긴장을 풀지 않도록 경각심을 불러일으켰고, 대진과 메이는 그런 미소에게 고개를 끄덕이는 것으로 화답했다.

그런 세 사람의 분위기 못지않게 치호와 로펠로의 대화는 점점 더 심각해져 갔다.

"이 세계에 관해 얼마나 알고 계십니까?"

"뭐? 얼마나 알고 있냐고? 으흠, 필드란 곳이 원래 하나였다는 것 정도는 알고 있지. 영웅 세크가 신을 베었다지? 뭐… 그 정도? 허투루 필드를 넘어온 게 아니니까."

"그렇군요. 그럼 '전설의 시대'에 관해서도 잘 알고 계실 겁니다. 모든 전설들이 시작된 그 시대를요."

"필드가 찢어지기 이전, 슬픔의 연쇄가 시작되는 바로 그 시기를 말하는 건가?"

치호의 말에 로펠로는 작게 고개를 끄덕이고는 말을 계속 이어갔다.

"맞습니다. 저희는 그때 달무르를 만났습니다. 다른 여타의 테스터들처럼 말입니다."

"역시 내 예상이 맞았군. 그 녀석도 이곳에 테스터로 온 거였어."

치호는 그럴 줄 알았다는 듯 고개를 끄덕였다. 지금까지는 자신이 예상한 대로였기 때문이다. 하지만 그것과는 별개로 로펠로는 계속해서 말을 이어갔다.

"처음엔 달무르도 정상은 아니었습니다. 같이 소환된 테스터들을 모조리 죽일 정도로 말입니다. 하지만 저희는 그런 달무르를 보살폈고, 결국 어느 정도 정신을 차리기 만드는

데 성공했죠. 저희만의 비술이 있었으니까요."

"비술?"

"예, 투사 바르시를 진정한 투신으로 거듭나게 만든 비술이었지요. 그 덕에 달무르는 온전한 정신을 유지하기 시작했습니다."

치호는 로펠로의 말에 미간을 찌푸렸다.

'달무르가 정신을 차려? 무슨 소리지? 애초에 달무르는 미친 게 아니었을 텐데? 그렇기에 내가 직접 녀석의 목을 벤 것이고.'

녀석을 처단할 때 녀석은 자신에 대한 공포에 절어 정신이 극한의 상태까지 몰리긴 했지만 온전했다. 그랬기에 치호가 녀석의 목을 베어버린 것이다.

한데 로펠로가 말하는 달무르는 조금 달랐다. 그러나 치호는 그런 로펠로의 말을 끊지 않고 계속해서 듣기만 했다.

"그 비술에 대해 달무르가 관심을 가지더군요. 그러면서 자신이 가진 주술에 관해 설명했습니다. 그가 가진 주술의 지식과 힘은 대단했습니다. 더욱이 테스터들이 가지는 스킬이란 힘까지 더해지자 그의 힘은 투사 바르시와 비등할 정도였지요."

"투사 바르시와? 그래서⋯ 그랬군."

치호는 예전에 석판에 적은 달무르의 글귀가 떠올랐다. 달무르가 석판에 바르시에 대한 원망을 적은 것이 떠올랐기 때문이다.

'분명 원망의 어조였지만… 애초에 마음을 나누지 않았으면 원망조차 하지 않았겠지.'

그때 당시 걸리던 점이다. 그런데 로펠로의 말을 들으니 어느 정도 추측이 가능해졌다.

'아마도 바르시 역시 자신과 동등한 위치에 설 무력을 가지고 있는 달무르를 친구처럼 대했겠지.'

치호는 엉킨 실타래가 풀리는 듯한 기분이 들었으나 그런 추측들을 로펠로에게 말하지 않았다. 로펠로는 아직도 할 이야기가 많이 남았다는 듯 이야기를 멈추지 않고 있었으니 말이다.

"투사 바르시와 힘이 비등해지자 저희 부족들 중에 그를 따르는 이들이 생겼습니다. 그의 힘을 배우고 싶었으니까요. 하지만 그게 크나큰 실책이었습니다."

"대충 예상은 가는군. 그게 너희들이란 이야기인가?"

"예, 저희는 달무르 밑에서 그의 지식을 탐했고, 결국 그를 스승으로 모시며 그의 힘을 나누어 받고 말았습니다."

"힘을… 나누어 받아?"

치호의 말에 로펠로는 힘겹게 고개를 끄덕였다. 그 말을 들으니 치호가 로펠로 일행에게 느낀 힘이 낯익은 이유를 알 수 있었다.

그들이 가진 힘 역시도 자신의 힘의 파편이었던 것이다.

"제길."

치호는 생각이 거기까지 닿자 절로 욕지기가 나왔다. 달무르는 대체 무슨 생각으로 이렇게 힘을 사용했는지 이해하기 힘들었기 때문이다.

'스스로도 이 힘에 대한 위험성을 알고 있었을 텐데… 왜?'

달무르에 관해 생각할 때 로펠로는 쉬지 않고 이야기를 해 나갔다. 치호만을 기다렸다는 듯 말을 아끼지 않았다.

"그게 실수였습니다. 저희는 그 때문에 온전치 않은 힘을 나누어 받아 죽지도 살지도 못하는 몸이 되어버렸지요. 바르시가 이렇게 되어버린 저흴 발견했을 때는 이미 저주가 완료되어 늦은 상태였지요. 바르시는 단숨에 알아차렸습니다. 저희들의 상태를요."

"그래서 결국……."

"네, 바르시가 친우이던 달무르를 직접 처단했지요."

"그랬군. 그랬어. 녀석은 결국 이곳에서 최후를 맞이했군."

어쩐지 달무르의 최후를 직접 들으니 뭔가 씁쓸해졌다. 달무르가 처음 자신에게 와서 힘을 연구하고 싶다는 말을 했을 때가 떠올랐기 때문이다.

'그때만 해도… 녀석이 이렇게 변해 버릴 줄은 몰랐지.'

하지만 뒤늦은 후회는 아무리 빨라도 늦은 법, 이미 돌이킬 수 없는 일이다. 치호의 씁쓸한 표정을 보고 로펠로가 걱정스러운 표정을 지었다. 그 표정을 본 치호는 이내 생각을 갈무리하고 로펠로에게 물었다.

"그 이후, 그 이후엔 어떻게 되었지?"

"바르시는 달무르를 처단한 후 떠났습니다."

"떠나? 어디로? 누구와?"

바르시가 떠났다는 말에 치호가 묻자 로펠로는 그런 치호의 물음에 망설이지 않고 대답했다.

"세크… 영웅, 혹은 타락 영웅이라 불리는 세크를 따라 떠났습니다. 이 빌어먹을 세상을 쥐락펴락하는 녀석을 직접 처단하겠다면서 말입니다. 친우를 잃은 그의 분노는 대단했죠."

"세크? 세크와 바르시가 함께했다 이건가? 하, 도대체 세크란 놈은 대체……."

"바르시는 떠나면서 저희에게 당부했습니다. 저주로 가득한 오랜 세월을 살겠지만 언젠가 저주를 풀 때가 올 것이라고. 그리고 그전까지 그 힘이 퍼져 나가지 않게 조심하라고. 혹여 달무르의 잔재가 있다면 모든 걸 파괴하라는 명이었죠."

"바르시가 어떻게 저주를 풀 수 있을지 없을지 안 거지?

바르시는 주술과는 관계없는 비술이란 힘을 사용한다고 하지 않았나? 이해가 좀 안되는군."

바르시가 어째서 이들에게 저주를 풀 수 있을 것이라고 확신했는지 궁금해 물었지만 로펠로 일행 역시 그것은 확신하지 못하는 것 같았다.

"저희도 확신하진 못합니다. 다만 달무르는 평소에도 누차 어둠에 관해, 치호 님에 관해 꾸준히 공포감을 표출했습니다. 진정한 힘의 종주이자 모든 것의 근원인 어둠이 반드시 찾아올 것이라고 말입니다. 그리고 그 어둠이 자신이 이룬 모든 것을 파괴할 것이라고 말입니다."

"어둠? 어처구니가 없군."

"아마 바르시에게는 친우이기 때문에 뭔가 좀 더 자세한 것을 말했을지 모르지만, 저희는 그저 추측할 따름이었지요. 달무르가 가장 두려워했던 존재, 그 존재가 왔을 때 우리의 저주는 끝날 것이라고 말입니다."

거기까지 말한 로펠로의 눈에는 뭔가 열망이 담겨 있었다. 아마 치호가 자신들의 저주를 끝내줄 어둠이라고 확신한 것 같았다. 하지만 치호는 그런 로펠로에게 아직 끝나지 않았다는 듯 질문을 던졌다.

"그런데 궁금한 게 있군. 분명 너희들의 사명은 이 힘이 퍼져 나가는 걸 막는 것이었을 텐데? 하지만 두 번째 필드에 달무르의 진한 흔적이 있더군. 어째서 너희보다 더 지독한 저주에 걸린 녀석들이 만들어지도록 내버려 뒀냐는 말이다."

치호는 악몽들을 떠올렸다. 그 악몽의 무덤에서 본 수많은 불행의 연쇄, 〈라플렌의 꽃〉을 이용한 저주스러운 힘의 계승을 직접 보았기에 그들에게 물은 것이다.

로펠로는 그 물음에 잠시 한숨을 크게 내쉬고 차분히 이야기를 이어나갔다.

"그랬을 줄은 저희도 예상하지 못했습니다. 저희로서도 어쩔 수 없는 일이었습니다. 달무르의 흔적을 최대한 파헤쳐 모두 파괴했지만 달무르가 죽기 직전 온 힘을 쏟아내 만든 물품을 숨긴 장소를 찾을 수가 없었죠."

"왜 계속 찾지 않았지? 그 때문에 너희 일족이 받은 고통은… 후우, 충분히 예상했을 텐데."

"저희도 그러고 싶었지만 그럴 수가 없었습니다. 영웅을 따라간 바르시가, 그 영웅들이 실패했기 때문입니다. 저희의 세상이 갈가리 찢어져 필드란 이름으로 나뉘고 말았습니다. 그 때문에 저희는 달무르의 최후의 유품을 찾지 못한 것입니다."

그들의 말을 전부 들어보니 파악이 되었다. 더욱이 녀석이 거짓을 말하는 것 같지는 않았다. 일전에 만난 '와린'과 일맥상통하는 이야기를 하고 있었기 때문이다.

'그랬군. 영웅 세크가 실패했기에 이들 역시 더 이상 달무르의 흔적을 찾을 수 없던 건가. 세크가 바르시까지 이끌고 신이라 불리는 자에게 대항했지만 실패했다니… 재미있군.'

치호가 생각할 때 세크는 필드의 인재란 인재는 모조리 끌어 모아 철저하게 준비한 것 같았다. 절대 패배해서는 안 되는 싸움이었기에 세크가 얼마나 완벽을 기했는지 느껴졌다. 하지만 그럼에도 세크는 실패했다.

상대가 어떤 힘을 가졌는지 몰라도 최강의 무구와 최강의 동료가 함께했음에도 세크는 실패한 것이다.

문득 그 '신'이란 자에 대해서 뭔가 녀석들이 알고 있는지 궁금해져 넌지시 로펠로에게 물었다.

"너희들의 사정은 잘 알았다. 그런데 내가 알고 있는 바로는 영웅 세크의 준비는 정말 철저했더군. 그럼에도 실패한 원인이 뭐지? 그 '신'이란 자는 정말 대항할 수 없을 정도로 강한 존재인가? 이름의 그 의미대로 '전지전능'의 존재인가?"

"그것까지는 저희도 알지 못합니다. 하지만 세크는 분명 승산이 있다고 생각했고, 성공 직전까지 갔을 것입니다. 그가 전투에 임할 때 세상 곳곳에 신의 피가 흩뿌려졌으니까요."

"과연… 그랬군. 그런데 투사 바르시도 투신의 격을 갖추었다고 들었다. 그런 바르시가 세크를 따랐다면 세크 역시 그보다 더했으면 더하지 못했을 것 같진 않은데 그런 그들이 패했다는 데 의문이 가는군. 혹시 연유를 알고 있나?"

치호가 패배의 원인을 묻자 갑작스레 로펠로에게서 살기가 치솟았다. 하지만 그 살기의 방향이 치호를 향하지 않았기에 과민하게 반응하지 않고 그저 지켜만 보았다.

그러길 잠시, 로펠로가 자신의 실책을 깨닫고 살기를 갈무리하며 말했다.

"죄송합니다. 저도 모르게 그만……."

"괜찮다. 네 반응을 보니 뭔가 알고 있는가 보군."

"후우, 숨겨서 무엇을 하겠습니까. 영웅 세크가 실패한 원인은 그들의 동료이던 그녀 때문입니다."

"그녀?"

"예, 지금은 '여신'이라는 알량한 이름으로 추앙받고 있는 그 저주받을 배신자 때문이죠."

치호는 갑작스레 나온 여신이란 말에 허리를 곧추세워 집중하기 시작했고, 이야기를 듣고 있던 일행은 더 이상 놀랄 것도 없다는 듯 지친 표정이다.

"여신 때문에 영웅 세크의 일행이 실패한 거라고? 재미있군. 아주 재미있어."

치호는 로펠로의 이야기가 들으면 들을수록 흥미진진해졌다. 지금까지 인간의 편이라고 생각하던 여신 교단의 그 여

204 불사의 테스터

신이 배신자라는 로펠로의 주장이 참신했기 때문이다.

"다소 놀라셨을 겁니다."

"아니, 뭐 놀라고 자시고 할 것도 없지. 이곳은 필드니까. 다만 그렇게 생각하는 이유를 듣고 싶군."

치호의 말에 로펠로는 고개를 한 번 끄덕이고는 말을 이어갔다. 그런 로펠로를 바라보는 치호와 일행은 눈조차 깜빡일 수 없었다. 전혀 예상하지 못한 일이었기 때문이다.

"그녀는 원래 세크의 동료였습니다. 신과 함께 대적하기 위한 일행이었지요. 하지만 세상이 필드란 이름으로 찢어지고 필드 곳곳에 신의 피가 흩뿌려졌을 때 필드 곳곳을 아우르며 갑작스레 나타난 세력이 있었습니다."

"그게 여신 교단?"

"예, 마치 기다렸다는 듯이 그녀의 세력이 필드를 통치하기 시작했지요. 게다가 신전을 세우고 그곳에서 테스터들이 바라 마지않는 힘과 특수한 물품까지 건네니… 여신은 추앙받기 시작했지요. 마치 인간들을 아끼는 그런 자애의 여신으로서."

말을 하는 로펠로의 목소리에는 분노가 담겨 있었다. 하지만 그런 분노를 꾹꾹 눌러가면서 말을 계속 이어나갔다.

"시스템에 직접 관여하고 퀘스트를 내리는 그 여신 교단, 그녀는 그런 신의 힘을 얻는 대신 영웅 세크를 배신하고 인간들을 기만하기 시작한 것입니다. 그러면서 자기 자신은 여신으로서 추앙받고 말이지요."

"호오, 그전까지는 그런 일이 없었나 보지?"

"물론입니다. 그전까지 저희나 테스터들은 한낱 신의 손에 놀아나는 허수아비 인형이나 마찬가지였으니까요. 그녀는 스스로 신격에 오르기 위해 인간의 희망이던 세크 일행을 판 배덕자인 것입니다."

"맙소사, 여신이… 세크를 배신한 존재라니 말도 안 돼."

로펠로의 말에 메이가 격하게 반응하기 시작했다. 그녀 역시 나름대로 전설을 파편을 모으며 '집요한 추격자'라는 이름을 얻었기 때문이다.

치호 역시 미간을 찌푸리며 로펠로에 말에 대해서 곱씹기 시작했다.

'흠, 여신이 세크를 배신했다? 그런데 일전에 만난 세크의 동료 〈와린〉은 어째서 그런 이야기를 하지 않은 거지? 아니, 오히려 안타까운 눈으로 여신을 떠올린 것 같은데……. 게다가 그때 그 폐허가 된 신전에서 본 여신의 눈빛은……. 도무지 종잡을 수가 없군. 뭐가 진실인 건지. 후우.'

세 번째 필드에서 〈와린〉을 만난 때를 떠올렸다. 와린은 그녀를 언급하며 그런 소리는 하지 않았기에 의문이 든 것이다.

더욱이 폐허가 된 신전에서 본 그녀를 떠올리자 머리가 복잡해졌다. 하지만 진실을 알 수 있는 방법은 어디에도 없었기에 답답하기만 할 뿐이었다.

치호는 가만히 생각을 정리하며 로펠로에게 다른 화두를 던졌다. 지금 확인할 수 없는 것을 물고 늘어져 봐야 머리만 복잡해지기 때문이다.

"그래서 죽음의 교단을 세우고 그 여신 교단과 대적한 것인가? 그런데 그런 것치고는 너무 늦은 것 같은데?"

치호는 로펠로가 교단을 세우고 네 번째 필드에서 여신 교단을 몰아낸 것까지는 이해가 되었다. 하지만 그런 것치고는 행동이 너무 늦은 것이 아닌가 하는 생각이 들었다.

여신 교단이 처음 나타났을 때와 지금은 너무 오랜 시간의 차이가 있기 때문이다. 그런 치호의 물음에 로펠로는 고개를 가로저으며 말했다.

"제가 지금의 이 세력을 만든 것은 오로지 치호 님 때문입니다. 그전까지는 그저 숨죽여 때를 기다리고 있었지요."

"나? 내가 뭘? 무슨 소리지?"

갑작스레 로펠로가 자신 때문에 교단을 만들었다는 이야기를 하자 어처구니가 없었다. 그런 치호의 표정을 보고 로펠로는 작게 미소를 띠며 말했다.

"올브람… 이라고 아십니까?"

"탐색자?"

"예. 언젠가 저희들 앞에 세상의 진실을 찾고 있다는 그자가 나타나 말하더군요. 언젠가 자신과 같은 직업을 가진, 이 세상의 슬픔의 연쇄를 끊어줄 이가 필드에 나타날 것이라고 말입니다. 그러니 준비하고 있으라고 했습니다. 그때가 되면 저희가 가진 저주도 끝날 수 있을 거라고 자신 있게 말하더군요."

"올브람이 너희들의 상태를… 알고 있는 것인가?"

"예. 그는 그의 이름처럼 모든 걸 알고 있더군요. 지금 생각해도 그자는 참 흥미로운 자였습니다. 다른 것엔 관심 없고 오직 세상에 관한 진실만 궁금해하더군요."

로펠로는 올브람에 대한 기억이 재미있다는 듯 그를 떠올리며 옅은 미소를 지었다. 그러고는 말을 계속 이어나갔다.

"그래서 저희는 여신의 눈을 피해, 감시자들의 눈을 피해 기다리고 있었습니다. 어둠, 치호 님이 오시기를 말입니다. 그리고 '영광의 기록서'에 탐색자란 이름이 떠오른 순간, 때가 왔다는 걸 알았지요. 그래서 치호 님이 저희를 찾기 편하도록 여신을 몰아내고 표식을 뿌린 것입니다. 교단의 증표란 이름으로 말입니다."

"호오, 그랬군. 그래서 이 브로치를 뿌린 것인가?"

"예. 저희가 이런 세력을 일구어 무엇을 얻겠습니까? 저희들에게 부와 명예, 권력은 아무런 의미도 가치도 없습니다. 이 세력은 오로지 치호 님의 관심에 끌기 위해 만들어진 조직에 불과합니다. 치호 님이 그냥 네 번째 필드를 그냥 지나쳐 버리시면 저희는… 후, 생각만 해도 끔찍하군요. 치호 님을 만나서 정말 다행입니다."

로펠로의 말을 들으니 그간 로펠로의 영역에서 느끼던 것에 대한 의문이 풀렸다. 대진의 추측이 맞은 것이다.

'과연… 로펠로가 세력에 관해 관심이 없는 게 아닐까 추측하던 대진의 말이 옳았군.'

하지만 치호는 그렇다 하더라도 테스터들에게 약까지 사용하며 세력을 굳힌 것이 마음에 들지 않았다. 그렇기에 따지듯 로펠로에게 물었다.

"하지만 그 약, 그건 뭐지?"

"약이라면… 식사에 포함된 그것들 말씀이십니까?"

"그래, 세력을 굳건히 하기 위해 약을 사용하는 건 도저히 못 봐주겠더군."

그런 치호의 말에 로펠로는 고개를 저으며 말했다.

"그 약의 목적은 세력을 굳히기 위해 만든 것이 아닙니다."

"세력을 굳건히 하기 위해 만든 게 아니다?"

"예, 그 약초는 여신과 감시자들을 대적하기 위해 어쩔 수 없이 사용할 수밖에 없었습니다."

로펠로의 말에 치호는 흥미롭다는 듯 조용히 집중했다. 중독성이 강한 약초를 이용해 뭘 한다는 건지 궁금했기 때문이다. 더욱이 그의 입에서 감시자라는 말이 언급되자 흥미가 돋았다.

"여신, 감시자. 그들은 저희 테스터들을 꾸준히 감시하고 모든 정보를 통제합니다."

치호는 로펠로의 말에 고개를 끄덕였다. 예전에 〈등불 호신부〉라는 감시자들의 눈을 피하는 아이템을 만들어 착용했기 때문에 잘 알고 있는 사실이었다. 그 호신부를 착용했을 때 무엇인가 해제되었다는 수많은 메시지가 떠올랐기에 그 누구보다 잘 알고 있는 치호였다.

"알고 있다. 그 때문에 우리도 나름의 수단을 마련했지."

치호의 말에 로펠로는 고개를 끄덕이며 계속해서 말을 이었다.

"감시자들은 테스터들에게 알게 모르게 수많은 주술과 미혹의 술을 걸어 테스터들을 기만합니다. 그 때문에 여신을 적으로 돌리는 것이 여간해서는 쉽지 않은 일입니다. 여신과 대적하려면 일단 그 미혹에서 벗어나게 해야 했습니다. 그러기 위해선 그보다 더 강력한 무언가가 필요했고, 그 때문에 그 약들을 사용하는 수밖에 없었지요."

"필요악이라 이건가?"

"강한 중독성이 있지만 최소한 감시자들과 여신의 미혹에 흔들일 일은 없지요."

로펠로의 말을 들은 치호의 고개가 끄덕여졌다. 치호 역시 〈등불 호신부〉를 처음 착용했을 때 자신에게 걸린 수많은 스킬 해제 메시지를 보고 이를 악문 적이 있으니 말이다.

그런 미혹들을 해제하기 위해 약을 사용했다고 하니 잘못했다고만 하기에는 힘들었다. 모든 테스터에게 필드의 정수로 만든 〈등불 호신부〉 같은 아이템을 지급할 수 없기에 최선의 방법을 찾은 것이니 말이다.

"짜증 나는군."

치호는 이 답답한 상황에 짜증이 났다. 감시자들의 기만에 속고 싶지 않으면 테스터들은 중독자가 될 수밖에 없는 이 답답한 상황이 마음에 들지 않았다.

그런 치호의 마음을 이해한다는 듯 로펠로는 조용히 고개를 끄덕였다.

치호와 로펠로의 대화가 멎자 방 안에 일순 침묵이 감돌았고, 그런 침묵을 깨는 것은 치호의 목소리였다.

"좋아, 그건 이해하고 넘어가도록 하지. 테스터들이 건강상에 문제가 있어 보이진 않았으니까."

"감사합니다, 어둠이시여."

"자꾸 어둠, 어둠 하는데 그렇게 부르지 마. 그건 달무르가 지어낸 망상에 불과하니까."

치호에 말에 로펠로는 그저 미소를 지을 뿐이다. 그런 로펠로의 태도가 마음에 들지 않았지만 계속해서 말을 이었다.

"어쨌든 너희들의 상황은 모두 전해 들었다. 믿기 힘든 일이지만… 후, 믿지 않을 도리가 없군."

"감사합니다, 치호 님."

"감사할 것까지는 없고… 이제 내가 좀 묻지. 수트람, 난 수트람으로 가야 한다. 그건 어디에 있지?"

치호는 퀘스트 해결을 위해 수트람, 영원의 싸움터를 찾아야 하기에 로펠로에게 물은 것이다.

그라면 이것에 관해서도 알고 있으리라 생각한 치호였다.

"역시 그곳으로 향하시는군요."

로펠로는 치호의 물음에 뭔가 알고 있는 듯한 눈치다.

"알고 있나? 영원의 싸움터가 어디인지?"

"물론입니다. 올브람이 이미 예견했기 때문입니다. 치호 님은 그곳으로 향해야만 한다고 말입니다. 그 때문에 제가 그곳에 자리를 잡은 것입니다."

"호오, 역시 도메로는 수트람이라 이건가?"

"예. 그곳까지는 제가 안내하도록 하겠습니다. 제가 함께 한다면 치호 님은 아무런 방해 없이 그곳으로 갈 수 있을 것입니다."

로펠로의 말에 치호는 고개를 끄덕였다. 일이 잘 풀리는 것 같았기 때문이다. 하지만 그때 치호를 비롯한 일행이 벌떡 일어나며 각자의 무기에 손을 올렸다.

메시지 창에 새로운 메시지가 떠올랐기 때문이다.

〈완성된 차림의 뿔피리가 발동되어 주변의 괴물을 도발합니다.〉

〈차림의 뿔피리의 효과와 거점 방어 체계가 상충합니다.〉

〈특수 물품 차림의 뿔피리의 효과를 우선 처리합니다.〉

〈거점 테마탄의 방어 체계가 일시 정지됩니다.〉

〈괴물들을 도발합니다.〉

동시에 주변이 소란스러워지기 시작했고, 치호의 〈광인의 영역 선포〉에 수많은 기적이 감지되기 시작했다.

그와 동시에 누군가가 방문을 다급하게 두들겼다.

"로, 로펠로 님! 습격입니다!"

"무슨 소리냐?! 거점을 감히 누가 습격해?!"

"방어 체계가… 방어 체계가 무너졌습니다! 괴물들이 몰려오고 있습니다!"

"뭣이? 그럼 습격자의 숫자는?"

"그, 그게……."

보고를 하러 찾아온 테스터는 우물쭈물하며 망설였다. 그런 테스터의 태도가 마음에 들지 않는지 로펠로가 다그치며 말했다.

"어서 말해라! 숫자는 얼마나 되지?"

"그… 그게……."

테스터는 잠시 망설이다가 큰 숨을 내쉰 후 말했다.

"하, 한 명입니다. 거점을 습격한 인물은 단 한 명입니다."

제8장

세자르 알란 Ⅰ

로펠로는 보고를 하러 온 테스터의 말에 눈썹을 치켜 올렸다. 습격자가 단 한 명이라는 소리에 어처구니가 없었던 것이다. 더욱이 치호 일행과는 달리 방어 체계가 해제된다는 것을 아직 로펠로는 경험해 보지 못한 일이었기 때문에 이 상황을 이해할 수 없었다.

　하지만 이내 흥분한 마음을 가라앉히고 차분히 테스터에게 상황을 물었다.

　"후우, 거점을 습격한 단 한 명의 테스터 때문에 이리도 소란스럽다는 말이냐? 대체 이 거점에 몇 명의 테스터가 있는

데 그런 한 명 때문에 농락을 당한다는 것이냐?"

"그, 그게… 도무지 감지할 수가 없습니다. 어둠 속에 숨어 저희 테스터들을 습격하는데 방법이 없습니다. 더욱이 성벽 밖에서는 괴물들이 몰려드는데 숫자가 심상치 않습니다."

"이런… 제길."

로펠로는 거점이 어떻게 되는 건 상관없지만 치호와의 시간을 방해받는 것이 마음에 들지 않았다.

긴 세월 동안 치호를 기다려 왔고, 드디어 그 보상을 받으려는 찰나 이런 사달이 나니 로펠로는 울화가 터질 것만 같았다.

하지만 치호가 앞에 있어서인지 그런 기분을 티내지 않고 꾹꾹 눌러 담은 후 돌아서서 말했다.

"후, 치호 님, 죄송합니다. 일을 좀 처리하고 오겠습니다."

"그래, 알았다. 우린 신경 쓰지 말고 일보도록."

"감사합니다."

로펠로는 치호에게 꾸벅 인사를 하더니 12인의 로브인들을 끌고 소란이 일어나는 곳으로 향했다.

치호의 〈광인의 영역 선포〉로 감지한 로펠로의 기척이 빠른 속도로 멀어지자 일행이 다가와 말했다.

"후, 식량이나 탈취하러 온 테마탄에서 이게 무슨 일이래요? 로펠로와 이야기는 뭐고 게다가 습격까지… 대체 일이 어떻게 돌아가는 거죠?"

"치호, 뭐 아는 것 없어? 그리고 저놈들은 대체 치호를 왜 어둠이라고 부르는 거야? 달무르는 뭐고. 아까는 워낙 분위기가 심각해서 끼어들 수가 없었어. 말 좀 해봐."

"대진 아저씨, 지금 그게 중요해요? 방금 메시지 못 봤어요? 괴물들이 몰려온다구요, 괴물이! 치호 아저씨, 우리도 나가서 함께 싸워야 하는 것 아닐까요?"

미소는 물론 대진, 메이까지 치호에게 물음을 던졌지만, 치호는 가만히 눈을 감고 생각을 정리하기 시작했다.

'습격이라……. 게다가 이 메시지. 이건 〈차림의 뿔피리〉를 사용했다는 메시지, 그렇다면 이 차림의 뿔피리를 사용하는 조직은 콴의 세력이란 건데… 중립 거점도 모자라 로펠로의 세력을 친 건가?'

치호는 과거 중립 거점 텔로시에서의 습격 사건을 떠올렸지만 고개를 가로저었다. 상황을 보고하러 온 테스터의 말이 걸렸기 때문이다.

'아니야. 한 명, 분명 한 명이라고 했다. 그렇다면… 대체 누가?'

아무리 콴의 세력에 있더라도 이렇게 큰 거점에 단신으로 습격하려면 실력이 보통은 넘어야 할 것이기에 치호는 그런 인물을 떠올려 봤다. 하지만 콴의 세력에 속해 있는 강자들을 제대로 만나본 적이 없어 딱히 떠오르는 인물이 없었다.

단 한 명을 제외하고.

'설마……'

치호의 머릿속에는 자신의 일검을 막아내고 알 수 없는 스킬을 사용해 도망간 인물이 떠올랐다.

세자르 알란.

메이와 인연이 있고 메이의 복수의 대상인 세자르 알란이 떠오른 것이다. 그때 인상 깊게 본 인물이었는데, 그라면 이런 짓이 가능할지도 모르기 때문이다.

알란과 잠시 겨루었을 당시 녀석에게 〈셀렌의 안목〉을 사용해 대략적인 스킬 내용을 알아두지 않은 게 실수라면 실수였다.

'그때 녀석의 스킬은 그림자를 이용하는 것 같았는데 공교롭게도 이런 한밤중이라면 녀석이 활동하기 딱 좋은 시기군.'

치호가 알란을 떠올렸을 때 그제야 일행의 목소리가 들리기 시작했다.

일행 역시 지금 이 상황에 어떻게 대처해야 하는지 제대로 판단이 서질 않는 모양이다.

일단 지금껏 겪어온 바로는 치호가 여신 교단과 친밀한 관계로 보였는데 그와 반대 세력인 로펠로의 세력을 위해 나서는 것이 좀 이상했기 때문이다.

그 때문에 치호의 결정을 기다리고 있는 것이다. 밖에서 계속해서 비명이 들리고 혼란이 가중되었기에 그냥 로펠로의 숙소 안에서 몸을 사리고 있는 것은 뭔가 아닌 것 같아 치호에게 계속해서 의중을 물은 것이다.

"뭔가 일이 금방 진정되질 않는군. 우리도 한번 나가보지."

"치호, 좋은 생각이야. 괜히 이런 숙소에 몸 사리고 있다가 제대로 알지도 못하고 비명횡사하는 수가 있으니까 어서 나가보자고."

"대진 아저씨, 말 좀 예쁘게 못해요? 아무럼 우리가 비명횡사할까. 재수 없게 그런 소리 좀 하지 말아요."

대진의 말에 뾰족하게 받아친 메이는 서둘러 나가려 했지만 치호가 그런 메이를 붙잡고 말했다.

"메이, 어쩌면 네가 그렇게 바라던 녀석을 볼지도 모르겠다."

"네? 그게… 무슨……?"

"알란, 이 사태를 일으킨 주인공이 알란일 수도 있다. 그러니 마음의 준비를 하고 있어."

치호는 아직 확신하는 건 아니지만 만의 하나라도 알란일 경우를 대비한 것이다.

만약 메이가 알란을 보고 감정을 조절하지 못한다면 다소 위험해질 수 있기 때문이다.

그 말을 들은 메이가 눈을 동그랗게 뜨며 치호에게 재차 확인했다.

"그 알란 말하는 거 맞죠? 그 자식이 여기로 왔다는 거죠?"

"아직 확실하지는 않아. 하지만 마음의 준비를 해둬. 만약 녀석을 보게 된다고 해도 섣불리 녀석에게 공격하진 마. 생각보다 위험한 녀석인 것 같으니까."

메이는 치호의 말을 듣고 크게 숨을 들이켰다. 그러고는 잠시 눈을 감고 마음을 가라앉히는 것 같더니 말없이 고개를 끄덕였다.

그런 메이의 태도에 안도감이 든 치호는 일행을 이끌고 밖으로 나와 주변을 살피기 시작했다.

"빨리 와! 성벽으로 모두 올라와! 괴물들이 넘어오지 못하게 막아! 녀석들이 넘어오면 끝장이다!"

"조장! 녀석들이 사라지지 않은 시체를 밟고 올라옵니다!"

"씨불, 뭘 보고하고 있어! 버텨! 버티란 말이야!"

"숫자가 너무 많습니다! 얼마 못 버팁니다!"

"이런 씨불, 다른 녀석들은? 다른 녀석들은 뭐 하고 성벽에 올라오질 않는 거야? 모두 어디 간 거야!"

치호 일행이 밖으로 나와 본 광경은 생각보다 숨 가쁘게 돌아가고 있었다. 중립 거점 티벨론처럼 성벽이 무너지거나 하진 않았지만, 성벽을 넘어오는 괴물들도 간간이 보이는 것으로 보아 머지않아 완벽하게 수성을 하는 것은 무리일 것 같았다.

이런 경우를 상정한 적 없을 테니 훈련이 완벽하게 되어 있지 않은 탓이다.

치호와 일행은 재빨리 성벽에 올라 가장 위태로워 보이는 곳에 손을 보탰다.

일행이 합류하자 위태로워 보이던 곳은 빠르게 안정을 찾았지만, 괴물들의 공세는 멈출 줄 몰랐다.

"아, 아저씨! 괴물들의 숫자가⋯⋯! 미소 언니! 뒤요!"

"메이, 고마워! 아저씨, 티벨론과는 비교도 안 되게 많은 숫자예요. 이거 정말 위험할 수도 있겠는데요."

"미치겠군. 치호, 이거 우리 내빼야 하는 것 아니야? 숫자가 이거 말도 안 되는데?"

치호는 죽여도 죽여도 올라오는, 아니, 완전히 다 사라지지 않은 괴물의 시체를 밟고 성벽을 오르는 괴물들을 보고 입술을 깨물었다. 일행의 말처럼 숫자가 보통이 아니었기 때문이다.

'이건 폐허가 된 신전에서 본 괴물보다도 숫자가 많군. 대체 어디서 이런 숫자의 괴물들이 나타난 거지?'

치호는 문득 괴물들의 숫자를 보다가 〈차림의 뿔피리〉에 있는 새 기능이 떠올랐다.

─특수 효과:괴물의 도발 범위는 사용자의 역량에 따라 조정되며, 거점에서조차 뿔피리의 효과를 막을 수 없습니다.

사용자의 역량에 따라 도발 범위가 조정된다는 그 메시지.

이 부분을 간과한 것이다.

즉 티벨론에서는 별 볼일 없는 스티븐이 사용했기에 그 정도로 그친 것이다. 하지만 역량, 기량이 높은 이가 〈차림의 뿔피리〉를 사용한다면 그건 또 전혀 다른 이야기가 되는 것이다.

바로 지금처럼.

게다가 로펠로의 영역은 테스터들이 사냥을 잘 하지 않았기에 도발되는 괴물의 숫자가 더욱 많은 것 같았다.

그간 방치해 둔 것들이 한 번에 터져 나와 그 대가를 치르라는 듯 거점의 성벽으로 수많은 괴물이 쏟아지기 시작했다.

'제길, 이거 골치 아프군.'

치호는 지금의 사태에 미간을 찌푸렸지만 어쩔 수 없었다. 이 사태를 일단 진정시키기로 마음먹었다. 만약 이 사태를 진정시키지 않고 거점이 파괴된다면 쓸데없이 일이 틀어질 것 같았기 때문이다.

더욱이 로펠로가 '영원의 싸움터 수트람'으로 안내한다고 했으니 일단 사태를 진정시켜야 안내고 뭐고 할 수 있을 것 같았기에 치호로서는 선택의 여지가 없었다.

"다들 성벽에 오르는 모든 괴물을 쓰러뜨린다! 녀석들이 성벽 너머로 침범하지 못하게 막아!"

"오, 좋아! 그 말만 기다렸지. 그냥 멍하니 있는 건 체질에 안 맞는다고! 내 힘을 다시 한번 보일 때가 왔군."

"미소, 대진의 뒤를 봐줘!"

대진이 당차게 앞으로 나가자 걱정되어 미소를 붙인 것이다. 미소는 냉정한 구석이 있으니 대진을 잘 컨트롤할 것이다. 다만 미소 역시 흥분해서 날뛰지 않기만을 바랄 뿐이다.

"치호 아저씨, 저도 나가서 싸울래요!"

"안 돼. 넌 나와 함께 있는다. 무기 없이 손으로 전투를 하는 네게 성벽 아래의 괴물들과 맞상대하는 건 위험해. 날 따라와."

"하, 하지만……!"

치호는 더 이상 메이의 의견을 듣지 않았다. 메이의 마음은 이해하지만 위험에 처하게 둘 수는 없기 때문이다.

하지만 바로 그때, 치호의 파멸의 조각이 검은빛을 뿌렸다.

까강!

치호의 파멸의 조각은 반쯤 뽑혀 있었지만 검을 둘러싼 검은 빛은 선명하게 한밤의 어둠을 흩어내고 있었다.

그런 치호에게서 빠르게 물러서는 그림자 하나.

그리고 그 그림자의 주인은 자신의 검을 툭툭 치며 짜증 난다는 투로 가볍게 말했다.

"하여튼 빈틈없는 아저씨라니까. 아저씨, 좀 쉽게 쉽게 좀 갑시다. 예? 방금 그냥 죽어줬으면 서로 간에 얼마나 편해? 안 그래?"

건들거리며 말하는 목소리의 주인공이자 그림자의 주인, 알란이었다. 알란이 치호와 메이 앞에 모습을 드러낸 것이다.

메이는 갑작스레 나타난 알란 때문에 일순 멍한 듯 보이다가 스스로의 입술을 피가 날 때까지 깨물었다. 녀석에게 달려가 일격을 날리고 싶은 마음을 제어하기 위해서 발버둥치는 것 같았다.

그러기를 잠시, 메이는 어느 정도 진정되었는지 알란에게 한 발짝 나서며 크게 외쳤다.

"알란! 언제까지 그 미친 짓을 계속하고 있을 셈이야!"

메이의 그런 물음에 알란은 그제야 메이가 눈에 들어오는지 고개를 돌렸다.

알란 역시 치호에게 온 신경을 집중하고 있어 그 옆에 있는 메이를 제대로 보지 못한 것이다.

하지만 방금 격정적인 외침으로 알란의 시야에 메이가 들어왔고, 그런 메이를 향해 퉁명스레 말했다.

"어휴, 또 여기 있네. 어지간하면 따라오지 말라니까. 내가 벌써 두 번이나 살려준 거 알지, 누나?"

치호는 알란의 말에 일순 메이를 쳐다보았다.

알란이 하는 말을 제대로 들었는지 확신이 서지 않았기 때문이다. 하지만 메이는 그런 말을 한 알란을 그저 바라볼 뿐 반박 따위는 하지 않았다.

"누… 나?"

치호는 저도 모르게 중얼거렸고, 메이는 그런 치호의 목소리를 들었는지 고개를 돌려 치호에게 말했다.

"네, 미리 말씀드리지 못해 죄송해요. 하지만 제 마음은 변함없어요. 신경 쓰지 않으셔도 돼요."

"허, 이런."

치호가 고개를 가로저었고, 그때 대진과 미소가 치호에게 다가와 물었다.

차마 메이의 분위기로 보아 말을 걸지 못할 것 같았기 때문이다.

"치호, 저 알란이란 녀석은 대체 누구야? 누나라니? 그리고 방금… 난 기척도 감지하지 못했는데 어디서 나타난 거야?"

"아저씨, 저 사람… 실력이 보통이 아닌 것 같은데 적인가요?"

미소는 치호가 텔로시에서 알란과 조우했을 때 다른 곳에서 전투를 치르고 있었기에 알란을 알아보지 못하고 물은 것이다. 하지만 치호 역시 두 사람의 물음에 제대로 답을 할 수 없었다.

알란과 메이의 관계를 알고 나서부터는 녀석을 어떻게 대해야 할지 제대로 감이 잡히지 않았기 때문이다.

'제길, 일이 골치 아프게 꼬이는군. 혈연관계였던가?'

치호와 두 사람이 다소 혼란스러울 때 메이와 알란은 계속해서 말을 이어갔다.

"흥, 첫 번째 필드에 계속 있을 것이지 왜 대체 계속 따라오는 거야? 이러면 누나 목숨만 위험한 거 몰라?"

"닥쳐! 네 미친 계획을 알고서도 어떻게 내가 가만히 있어? 차라리 내 손으로 널 죽일 거야!"

"누나가 날? 그럴 수 있어? 참 나, 내가 누나랑 싸울 때 그게 내 전력이라고 생각하는 거 아니지? 난 매번 누나를 살려준 거야. 그걸 알고나 하는 소리야?"

알란의 말에 메이는 그저 입술을 깨물 뿐이다. 그녀 역시 그런 사실 정도는 눈치채고 있었다.

하지만 그럼에도 메이는 알란을 쫓아온 것이다.

반드시 죽이겠다면서.

'하긴… 메이가 세 번째 필드의 헤리듐 길드에서 알란을 마주쳤을 때 메이의 목숨이 붙어 있는 게 신기했지. 분명 녀석은 메이의 목숨을 끊을 수 있었음에도 다음 필드로 서둘러 넘어가 버렸으니까. 그래서였나?'

치호는 두 번째 필드에서 헤어진 메이를 세 번째 필드에서 다시 만났을 때를 회상했다. 그때 메이는 분명 알란을 만났다고 했고, 거의 반죽음 직전의 상태였다.

나중에 거점 텔로시에서 알란과 검을 나누어보고 과연 그럴 만한 실력이 있다고 생각했는데 풀리지 않는 의문이 있었다.

그 정도 실력이면 세 번째 필드에서 분명 메이를 처리할 수 있었을 텐데 알란은 그렇게 하지 않았다.

오히려 메이를 놓아주고 자신이 필드를 떠나는 선택을 한 것이다. 추후에 알란을 헤리듐 길드에서 찾았을 때 서둘러 필드를 떠난 이유가 바로 이것이었다.

'그런데 그 계획이란 게 뭐지? 대체 뭣 때문에 메이가 저렇게까지 반응하는 거지?'

치호는 두 사람 사이의 대화가 잘 이해가 되지 않았지만 두 사람을 방해하지 않고 그저 대화에 귀를 기울였다.

"아무튼 난 누나한테 관심 없으니까 방해 좀 하지 말아줄래? 난 저기 있는 아저씨한테 볼일이 있거든?"

"웃기지 마. 또 무슨 짓을 하려고? 치호 아저씨한테 가려면 먼저 나부터 쓰러뜨려!"

"아, 짜증나게. 시간 없다니까."

알란은 검을 손에 쥔 채로 뒷머리를 벅벅 긁으며 짜증난다는 듯한 표정을 지었다.

그사이에 치호는 스킬을 사용했다. 녀석이 방심하고 있는 틈을 타 녀석의 스킬을 파악하려는 것이다.

"셀렌의 안목!"

일단 녀석이 몇 가지의 스킬을 가지고 있는지 확인하고 다른 특이한 이동이 없는지 확인하려는 것이다.

하지만 치호의 메시지 창에 원하지 않는 메시지가 떠올랐다.

〈기량이 상대보다 높지 않습니다. 셀렌의 안목이 실패했습니다.〉

'기량이… 높다? 쉽게 가진 못하겠군. 제길.'

알란의 스킬을 간파해 보려고 시도했지만 보기 좋게 실패했다. 오히려 알란의 관심을 샀다.

〈셸렌의 안목〉이 실패할 때면 쥬드 때도 그랬지만 뭔가 상대에게 메시지를 띄우는 것 같았기 때문이다.

"이거… 진짜 시간이 없겠는데? 저 아저씨가 허튼수작까지 부리기 시작하잖아? 어쩔 수 없네."

"너야말로 이곳이 네 무덤이 될 거야. 그동안 나도 놀고만 있던 건 아니니까 각오하는 게 좋을걸."

"어디 한번 보자고. 피메르의 그림자 메이커!"

치호는 알란이 스킬을 외치는 그 순간에 집중했다. 지난번에도 이 스킬을 이용해 녀석이 도주했기 때문이다.

하지만 이번에는 도주하려는 것 같지 않았다.

알란의 그림자가 전신을 휘감기 시작한 것이다. 지난번에 그림자가 날개 모양으로 변한 것과는 전혀 다른 양상이다.

'제길, 그림자를 조종하는 스킬인가? 까다롭군.'

치호가 추측하기에 그림자를 마음대로 조종해서 물리적 영향력을 끼치게 만드는 스킬인 것 같았다. 하지만 스킬에 관해 채 생각을 다 하기도 전에 메이가 낮게 신음을 토했다.

까드드득.

"크윽."

"호오, 좀 실력이 늘긴 했는데 말이야, 이 정도로는 힘들지 않을까 싶네?"

"다, 닥쳐!"

알란이 치호가 잠시 스킬에 대해 판단을 하는 사이 어떻게 이동했는지 메이의 등 뒤로 돌아가 일격을 가한 것이다. 하지만 메이 역시 호락호락 당하지 않고 다행히 그 일격을 막아내었다.

"치호, 우리도 합세하자고! 메이가 위험해!"

"아저씨, 공격해도 되는 거죠?"

"…아니. 너희들은 따로 할 일이 있다."

"네? 무슨……? 메이가 위험하다구요!"

"치호, 그냥 합세해서 끝내 버리자고!"

미소와 대진의 말에 치호는 꿈쩍도 하지 않았다. 무슨 생각을 그리 하는지 고개를 저으며 말했다.

"저 알란 녀석은 내가 맡지. 너희들은 거점을 사수해. 지금 거점이 뚫리기 직전이다. 생각 이상으로 괴물들이 많이 몰려와. 얼마 안 있으면 거점이 무너질 거야."

"하, 하지만 메이가……!"

"이런 거점 따위 상관없어요! 메이를 구하는 게 더 중요하다구요!"

두 사람이 치호를 설득할 때에도 알란과 메이의 전투는 계속되고 있었기에 치호는 두 사람의 의견에 고개를 저으며 단호하게 말했다.

"알란 녀석은 보통이 아니야. 메이는 내가 책임지고 보호

할 테니 너희들은 거점을 보호해 줘. 그래야 마음 놓고 싸울 수 있다. 녀석과 싸운 후 나와 메이를 보호해 줄 사람이 필요해."

치호는 알란의 움직임을 보고 느꼈다. 녀석이 지금까지 만난 그 어떤 테스터보다 강할 것임을.

어쩌면 두 번째 필드의 쥬드보다 강할지 몰랐기에 치호는 긴장하며 두 사람에게 부탁한 것이다.

알란과 싸우고 나서 정신을 잃기라도 하면 무방비로 노출될 확률이 높기 때문이다.

더욱이 기량에 따라 도발 범위가 달라지는 〈차림의 뿔피리〉를 자신과 비슷한 수준의 기량을 가지고 있는 알란이 직접 사용했다.

그렇기에 지금 거점을 침략하는 괴물들의 공세 역시 무시할 만한 것이 아니기 때문에 두 사람에게 부탁한 것이다.

두 사람은 치호의 말에 발길이 떨어지지 않는 것 같았지만 치호의 단호한 태도에 고개를 끄덕였다.

"고맙다. 내가 반드시 메이를 지킬 테니 너희들은 거점을 지켜. 전투 후 나와 메이의 안전을 부탁하지. 그런 상황이 안 왔으면 좋겠지만."

치호의 말에 대진 역시 심각성을 느낀 것 같았다. 지금까지 치호가 이렇게 말한 것이 처음이기 때문이다.

하지만 대진은 치호에게 억지로 미소를 띠며 말했다.

"흥, 뭘 당연한 걸 그렇게 말해. 아무튼… 믿는다."

"아저씨, 메이를 부탁해요."

두 사람은 그 말을 남기고 위태로워 보이는 성벽을 향해 달려나갔다.

'후우, 갔군.'

치호가 두 사람을 다른 전장으로 보낸 이유는 정말 정신을 잃을지 몰라 위험한 것도 있었지만, 어쩌면 이곳에서 자신의 힘을 내비쳐야 할지도 모르기에 일단은 그런 모습을 보이고 싶지 않았기 때문이다.

괜히 가까이 있다가 살기에 노출이라도 되면 괜한 거리감이 생길까 꺼려진 것이다. 치호는 멀어지는 두 사람을 보며 허리춤에 매달린 파멸의 조각에 손을 올렸다.

위태로워 보이는 메이를 돕기 위해 즉시 달려 나가려는 것이다.

"투사의 발걸음! 세뮬라의 마력검!"

치호는 처음부터 두 가지 스킬을 동시에 쓰며 전력으로 알란을 향해 달려 나가기 시작했다.

그만큼 메이의 상태가 위태로워 보였기 때문이다.

"실력도 안 되면서 자꾸 왜 쫓아오는 거야?"

"쿨럭!"

"동생이 잘되는 꼴을 그렇게 못 봐? 대체 내가 뭘 잘못했다고 이래? 어?"

"너, 너와 함께… 쿨럭! 전설의 파편을 찾는 게… 아니었어. 내 실수야."

"응? 무슨 소리래? 그게 고마워서 지금까지 살려준 건데? 그것만 아니었어도 누난 내 손에 오래전에 죽었어. 알아?"

메이는 치호가 일행과 이야기하는 사이에 피가 섞인 기침까지 하며 만신창이가 되어 있었다. 반면에 알란은 숨소리도 거칠어지지 않은 상태였으니 두 사람 사이의 승패는 이미 결정 난 것이나 다름없었다.

하지만 메이는 포기하지 않고 알란에게 달려들며 외쳤다.

"네가 그 스킬을 얻었을 때 그냥 함께 죽어야 했어. 그랬으면… 그랬으면… 그 많은 사람이 죽을 필요도 없었을 텐데!"

"아직도 그런 걸 마음에 품고 있는 거야? 여긴 필드잖아. 그런 일도 있고 저런 일도 있는 거지 뭘 그런 걸 갖고 아직도 신경 써? 참 나, 복잡하게도 사네."

"닥쳐! 넌 내 손으로 직접!"

메이는 알란의 태도에 이성을 잃은 듯 마구잡이로 달려들었고, 그런 메이를 상대하는 알란의 표정도 점점 차갑게 식어갔다. 치호가 빠르게 접근하는 기세를 느꼈기 때문이다.

"이번 일 실패하면 곤란한데."

알란은 점점 치호가 가까워지자 내키지 않는다는 표정으로 말했고, 이내 잠시 고민하더니 단호하게 결정을 내렸다.

"뭐… 내키진 않지만 어쩔 수 없지. 누나, 우린 여기까지인가 봐. 잘 가."

알란은 메이의 목을 정확하게 노려 검을 휘둘렀다. 자신의 혈육에게 검을 휘두르는 것치고는 너무나 무정한 검이었지만 알란에게는 그저 테스터 하나를 베는 것이나 별다를 것 없다는 표정이다. 아니, 오히려 이만큼이나 봐줬으면 많이 배려했다는 듯 당당한 표정이다.

까강!

알란의 검이 메이의 목에 닿기 직전 치호의 파멸의 조각이 두 사람 사이를 막아섰다.

"네 상대는 나 아니었던가?"

"자꾸 방해를 해서 말이지. 귀찮은 건 딱 질색이거든."

"그래? 이번엔 아무도 방해하지 못하게 해주지. 아보크의 싸움터!"

"아, 아저씨! 녀석의 스킬을 조심……."

치호가 〈아보크의 싸움터〉를 발동시키자마자 치호와 알란의 주변을 중심으로 투명한 막이 생성되었고, 곁에 있던 메이를 영역 밖으로 밀어냈다.

메이는 〈아보크의 싸움터〉로 인한 투명 막이 생기기 직전

무언가 전달하려는 듯했지만 말을 끝맺지 못했다. 그전에 투명 막이 완전히 차단되어 목소리조차 뚫고 들어오지 못했기 때문이다.

그런 투명 막을 보던 알란은 신기한 듯 투명 막을 톡톡 두드리기 시작했다.

"호오. 이런 스킬도 있네? 그런데 쓸데없는 것 같지 않아?"

"네가 도망가기라도 하면 곤란하니까."

"도망? 도망이라고? 이 알란이? 크하하하!"

알란은 자존심이라도 상했는지 억지로 크게 웃는 듯했고, 그 웃음이 거의 사그라질 때쯤 알란의 눈빛이 달라져 있었다.

방금까지 메이를 상대하며 장난스럽던 눈빛은 온데간데없이 사라지고 그 어느 때보다 사나운 눈빛으로 치호에게 말했다.

"그때랑은 다를 거야. 어디… 실력 좀 볼까? 피메르의 그림자 메이커!"

말이 끝맺음과 동시에 치호에게 달려들었다. 그것을 밖에서 보고 있는 메이는 그저 초조하게 두 사람을 지켜볼 수밖에 없었다.

제9장

세자르 알란 II

알란이 〈피메르의 그림자 메이커〉라는 스킬을 외침과 동시에 그림자가 알란의 몸을 감싸기 시작했다. 마치 갑옷처럼 그의 몸을 감싼 그림자는 알란을 어둠 속에 숨기기에 충분했다.

그리고 거의 동시에 터지는 불꽃.

치호의 파멸의 조각과 알란의 검이 부딪치며 불꽃을 튀겼다. 방금까지만 해도 꽤나 떨어져 있는 두 사람이었지만 알란이 스킬을 발현함과 동시에 치호에게 쇄도한 것이다.

아니, 밖에서 지켜보고 있는 메이의 눈에는 그런 알란의 움직임이 눈에 들어오지도 않았다. 애초에 그림자로 온몸을 감싼 채로 어둠을 틈타 빠른 속도로 움직이는 알란을 쫓기가 힘들었다.

"그때도 그랬지만… 그쪽도 꽤 하는 거 같은데?"

"어둠 속에서 싸우는 건 익숙하거든."

"과연 그럴까?"

검을 맞댄 두 사람은 짧게 대화를 나누었고, 알란의 그림자가 또다시 형태를 변형하기 시작했다.

알란의 몸을 감싸던 그림자가 마치 뾰족한 창과 같이 날카롭게 변해 치호를 노렸다.

"쳇, 귀찮은 기술이군."

치호는 맞대고 있던 검을 재빨리 뿌리치고 거리를 벌렸다. 방금 그 자리에 계속 있다가는 저 그림자에 온몸이 꿰뚫렸을 것이기 때문이다.

하지만 그런 치호를 놓치지 않겠다는 듯 알란은 다시금 치호를 쫓았고, 치호는 아쉽게도 그런 알란에게 제대로 대응하지 못하고 점점 상처가 늘어갔다.

그림자가 언제나 결정적인 순간을 방해하는 건 물론 인지하지 못하는 사각을 노려 집요하게 파고들었기 때문이다.

그 때문에 치호는 계속해서 물러날 수밖에 없었고, 거리를 벌리려고 애쓰는 치호를 향해 알란이 비웃듯 말했다.

"도망가는 것 하나는 아주 일품인데? 이 스킬, 나보다 아저씨가 더 문제 있는 거 아니야? 괜히 이런 투명 막을 쳐서 도망가지도 못하잖아? 크크크."

치호가 알란의 기묘한 공격에 제대로 대응하지 못하고 도망치는 듯한 모습을 보이자 알란이 도발했다.

하지만 치호 역시 그런 도발에는 꿈쩍도 하지 않았다.

그저 이 순간에도 알란의 스킬에 대해 생각할 뿐이었다.

'골치 아픈데. 가까이 가면 저 그림자가 형태를 변화시켜 공격이 들어오니 공격 타이밍이 나질 않아.'

치호가 알란의 스킬을 생각할 때 알란이 자신의 도발이 먹히지 않자 재미없다는 듯 말했다.

"이런 아저씨가 뭐가 그렇게 중요하다고 콴이 직접 부탁했는지 모르겠군. 뭐… 덕분에 난 쉽게 일을 마칠 수 있어서 다행이지만 말이야."

말이 끝남과 동시에 알란은 다시금 쇄도했고, 그런 알란의 모습은 기척도, 하물며 몸이 움직일 때 느껴지는 미세한 대기의 떨림까지도 느껴지지 않았다.

완전히 기척을 감추고 치호에게 쇄도한 것이다. 하지만 치호 역시 이런 암살자 기술 같은 종류의 습격에는 거의 면역이나 다름없는 스킬 〈광인의 영역 선포〉를 가지고 있기에 그나마 그런 알란을 상대할 수 있었다.

만약 치호가 스킬의 도움 없이 알란을 감지해야 했다면 몇 번은 놓쳤을지도 모를 만한 알란의 움직임이었다.

하지만 〈광인의 영역 선포〉의 도움으로 알란의 움직임을 먼저 눈치챌 수 있었다.

끼기기긱.

"또 막아? 짜증나네."

"콴이 의뢰한 건가?"

"콴한테 뭘 그리도 잘못 보였는지 몰라도 그쪽을 알고 있더라고. 나도 이번 일만 마치면 내가 원하는 걸 얻을 수 있을 거 같으니까 그냥 좀 죽어줘. 그럼 누나는 살려줄 테니까."

"웃기고 있군. 콴이 날 알고 있다? 이건 또 재미있는데?"

까가가가!

퍼억!

치호의 발길질에 알란은 재빨리 그림자를 변형해 막았지만 공격에 담겨 있는 충격 때문인지 멀리 밀려나는 건 막을 수 없었다.

알란은 몸에 찍힌 발자국을 기분 나쁘다는 듯 털어내며 말했다.

"거참, 헤리듐 길드에 붙잡혀서 영원히 세 번째 필드에서 살줄 알았던 누나가 어떻게 이 필드로 넘어왔나 했더니… 그게

다 아저씨 때문이었구만?"

알란의 말에 치호는 어깨를 으쓱하는 걸로 대답을 대신했다. 그러자 알란이 크게 숨을 몰아쉬며 말했다.

"대충 상황은 알겠어. 헤리듐 같은 놈들을 믿은 내가 병신이지. 뭐… 상관없어. 여기서 다 끝내면 되니까."

"그럴 수 있을까?"

"허세 하나는 죽여주네. 발길질을 어떻게 딱 한 번 성공했다고 그렇게 기분이 좋은 거야? 다음에도 이런 운이 통할 거라고 생각하면… 크흑!"

틱, 카카강!

알란의 말이 끝나기도 전에 치호가 알란에게 쇄도했다. 치호의 메시지 창에는 상대의 무기가 손상되었다는 메시지가 뜨는 것은 물론이고 손에 쥔 파멸의 조각은 지금껏 보지 못한 검은 빛이 눈부시게 아른거리고 있었다.

"넌 말이 너무 많아."

치호는 〈투사의 발걸음〉은 물론 〈세물라의 마력검〉, 〈장인의 자존심〉까지 모조리 동원했다.

그 때문에 치호의 발걸음이 닿은 곳에서는 검은 불길이 치솟아 오른 것은 물론이고 공격을 받아내는 알란의 말수도 급격하게 줄어들었다.

치호가 본격적으로 공격에 나선 것이다. 그전까지는 알란의 그림자 공격을 피하기 위한 움직임이었다면 지금부터는 달랐다.

어지간한 공격은 그냥 몸으로 받아내었다. 몸이 꿰뚫리고 피가 튀든 말든 오로지 알란을 향해서 검을 휘두를 뿐이었다.

치호가 검은 힘을 본격적으로 사용해 공격을 몸으로 받아내고 그 즉시 치유하기 시작한 것이다.

그런 치호의 불사신 같은 모습에 일순 알란이 눈을 동그랗게 떴지만 알란 역시 산전수전 다 겪은 상대.

쉽게 마음이 흔들리진 않는 것 같았다. 이곳은 필드이니 그냥 스킬의 일종으로 생각한 것이다.

다만 매섭게 몰아치는 치호의 검 한 번, 한 번을 받아내기가 점점 힘들어졌기에 얼굴에 점점 지쳐가는 기색이 역력했다.

까강.

끽이이익.

〈아보크의 싸움터〉 안에서는 어둠 속에 불꽃만이 튈 뿐 두 사람의 모습은 온전히 볼 수 없었다.

두 사람 모두 눈으로는 좇기도 힘들 만큼 빠른 속도로 움직이며 공방을 이어나갔기 때문이다.

그런 모습을 지켜보는 메이는 가슴 졸였다.

"아저씨, 알란을 제발 죽여주세요. 제발요. 저 이상 타락해서는 안 돼요."

메이는 기도하듯 두 손을 모으고 있었다. 자신이 아무리 알란을 죽이려고 했지만, 막상 치호와 싸우고 있는 알란을 보기가 너무 힘들었기 때문이다.

그런 메이의 마음과는 별개로 〈아보크의 싸움터〉 안쪽에서는 치열한 전투가 한창이었다.

치호가 가진 스킬들을 운용하기 시작하자 알란 역시 여유롭지만은 않은 모습이다. 하지만 그럼에도 알란은 유쾌하다는 듯 크게 외쳤다.

"크하하하! 이게 얼마만이야! 이렇게 시원하게 싸워보는 게 말이야! 처음 만날 때부터 그랬지만 아저씨는 진짜 재밌어. 게다가 그런 몸뚱이라니… 싱겁게 끝나면 어쩌나 했는데 아주 엄청나잖아?"

"네 목이 떨어져도 그런 소릴 할 수 있는지 보지."

"내 목이? 호오! 아저씨, 이상한 검은 불길을 믿고 그렇게 말하는 건가? 그런 거면… 좀 실망인데? 이제 막 재밌어지려고 하는데 말이야."

알란이 〈투사의 발걸음〉이 생성해 낸 검은 불길을 가리키며 말했다. 두 사람이 싸우는 사이 어느새 검은 불길이 세력을 키워 나가며 운신의 폭을 좁히고 있었기 때문이다.

즉 불길의 영향을 받지 않는 치호는 움직일 공간이 많은 반면 알란의 경우 몸을 이동할 반경이 줄어드니 시간이 지날수록 불리해지는 건 알란이었다. 하지만 알란은 그런 불길을 보면서도 꿈쩍도 하지 않았다.

까가각!

치호는 그런 알란의 태도와는 관계없이 다시금 쇄도하기 시작했다. 녀석이 뭐라고 하건 알란을 빨리 처리하고 싶었다. 아까부터 느껴지는 괴물들의 기세가 좀처럼 줄어들지 않고 있었기 때문이다.

대진과 미소가 괴물을 상대하기 위한 전장에 합류했음에도 불구하고 이렇게 사태가 진정되지 않는 다는 것은 심각한 문제였기에 신경 쓰이기 시작한 것이다.

"거참, 성격 급하시기는."

치호의 파멸의 조각은 〈세뮬라의 마력검〉에 검은 힘이 합쳐져 검게 빛나다 못해 마치 보는 이를 홀릴 것 같은 모습이었지만 그런 치호의 검을 마주하고 있는 알란은 힘겨운 듯한 표정이었지만 그래도 치호의 검을 막아내는 데는 문제가 없어 보였다.

하지만 그런 알란조차도 치호의 거친 공격에 점점 물러나기 시작했고, 어느새 〈투사의 발걸음〉으로 인한 검은 불길이 알란의 등 뒤를 점했다.

막다른 길에 몰린 것이다.

"이제 여기서 끝내지."

"후욱, 후욱!"

알란은 치호의 검격을 막아내는 데 온 힘을 쏟았는지 치호의 말에 대답도 제대로 하지 못하고 거친 숨을 몰아쉬었다.

사실 그렇게 알란을 몰아붙인 치호 역시 티를 내진 않았지만 아슬아슬한 상태였다. 마력이 슬슬 부족해지고 있었기 때문이다.

'빨리 끝내야 한다. 마력이 부족할지도 몰라.'

그간 잘 사용하지 않던 〈셀렌의 안목〉부터 〈아보크의 싸움터〉는 물론 미소와 대진을 위한 〈율리아의 전투 함성〉까지 유지하려니 마력 소모가 이만저만이 아니었다.

그만큼 알란은 까다로운 상대였다. 치호 역시 알란과 대적하면서 단 한 번도 〈투사의 발걸음〉과 〈세뮬라의 마력검〉을 해제한 적 없었다.

더욱이 〈장인의 자존심〉으로 녀석의 장비를 계속 손상시키고 있었지만, 녀석의 그림자가 보호하고 있기 때문인지 무구 파괴 또한 제대로 이루어지지 않았으니 그만큼 치호가 고생한 것은 말로 표현할 수 없었다. 그런 알란을 겨우 코너에 몰아넣은 것이다.

드디어 힘겨운 전투에 끝이 보이는 것 같았다.

"메이에게 마지막으로 남길 말은 없나?"

"후욱, 후욱! 마지막?"

"그래, 전해주지."

"크크크. 웃기는군. 누가 누굴?"

"없는 걸로 알겠다."

치호는 검을 세우고 그대로 알란에게 쇄도했다. 녀석의 마지막을 깔끔하게 끝내기 위해 목을 정확히 노리고 검을 휘둘렀다.

시익!

하지만 치호의 파멸의 조각은 허공을 가르고 말았다.

알란 스스로가 치호의 검이 목을 가르기 전에 검은 불길로 뛰어든 것이다.

"멍청한… 쯧."

치호는 그런 알란의 행동이 멍청하게 느껴졌다. 저 검은 불길은 필드의 지배자마저도 견디지 못하는 불길이다. 그런 검은 불길 속으로 스스로 뛰어들었으니 고통을 자처한 것이다.

메이의 동생인 것 같기에 최대한 고통을 주지 않고 끝내려 했는데 스스로 고통을 자처한 것이나 다름없었다.

불에 타 죽는 고통은 그 무엇보다 심할 테니까.

치호가 혀를 차고 천천히 파멸의 조각을 검집에 다시 넣으려는 찰나, 치호는 이상한 점을 느꼈다.

'싸움터가… 해제되지 않아?'

상대방이 죽을 경우 무조건 해제되게 되어 있는 〈아보크의 싸움터〉가 아직 해제되지 않고 모습을 유지하고 있었다.

치호는 집어넣으려던 파멸의 조각을 다시금 꺼내 들고 알란이 불길 속으로 사라진 방향을 바라보았다.

그러길 잠시.

치호의 검은 불길 속에 들릴 리 없는, 아니, 들려서는 안 되는 목소리가 들리기 시작했다.

"이야, 아저씨! 이 힘 끝내주는데? 반할 것 같아!"

알란이다.

알란이 검은 불길을 헤치며 천천히 걸어나오고 있었다. 놀라운 것은 언제나 탐욕스럽게 모든 걸 불태우던 그 검은 불길은 길을 터주기까지 했다.

그뿐만 아니라 극도로 지쳐 보이던 모습은 온데간데없이 사라지고 호흡도 안정된 듯 보이는 알란이 치호 앞에 나서며 말했다.

"자, 그럼 2라운드 시작해 볼까?"

치호는 그 알란의 자신 넘치는 목소리에 그저 입술을 깨물 수밖에 없었다. 어떻게 된 것인지 모르지만 상황이 점점 불리하게 돌아가고 있었기 때문이다.

"피메르의 그림자 메이커."

나지막하게 스킬을 외치는 소리가 치호의 귀에 들린 순간 치호의 눈에서 불똥이 튀었다.

"커억."

어느새 다가온 알란이 치호의 얼굴을 주먹으로 그대로 가격한 것이다. 알란의 움직임은 지금까지의 그 어떤 때보다 빨랐다.

갑자기 빨라진 알란의 움직임 때문에 치호는 제대로 반응하지 못했다. 그런 치호를 보며 알란이 의기양양하게 도발하며 말했다.

"휘유, 아저씨. 이런 힘을 가지고 있으면서 지금까지 그렇게밖에 못 싸운 거야? 이건 이것 나름대로 실망인데?"

치호는 녀석이 무슨 말을 하든지 관심이 없었다. 지금은 어떻게 녀석이 저 검은 불길 속에서 살아 돌아왔는지가 궁금할 뿐이었다.

그런 치호의 얼굴을 본 알란이 한쪽 입꼬리를 비틀며 말했다.

"왜, 내가 살아 돌아온 게 궁금해? 하긴… 그럴 만도 할 거야. 이 검은 불꽃, 내가 봐도 엄청나니까."

녀석이 말하는 사이 치호는 자세를 고쳐 잡고 파멸의 조각을 빼들며 다시금 전투태세를 갖추었다. 그러면서도 〈드레모의 나태한 강철 군화〉의 효과를 이용해 마력을 회복하는 데 힘을 쏟았다.

다시금 녀석과 전투가 벌어질 것 같은데 마력이 부족한 상황이라 위험했기 때문이다.

그런 초조한 치호와 달리 녀석은 뭐가 그리도 신나는지 입을 놀리기 시작했다.

"내가 왜 지금까지 겨우 네 번째 필드인지 알아?"

"무슨 소리지?"

"누나를 첫 번째 필드에 밀어 넣고 그 오랜 시간이 흘렀는데도 왜 아직 네 번째 필드에 있는지 아느냐고. 아니지, 얼마 전까지는 세 번째 필드에 있었으니 정확하게 말하면 세 번째 필드라고 해야 하나?"

치호는 녀석의 물음에 가만히 생각해 보았지만 정확한 답을 찾을 수 없었다. 녀석의 말대로 이런 무력이라면 다른 이들처럼 다음 필드를 향해 나아가거나 독보적인 세력을 구축했을 것이다.

하지만 알란은 그러지 않았다. 세 번째 필드에서도 다른 길드장을 내세워 적당히 자신을 숨기고 지냈다.

더욱이 세력전이 본격화된 이곳 네 번째 필드에서도 세력을 만들 생각은 안 하고 겨우 콴의 하수인 노릇을 자처하고 있었으니 이해가 되지 않았다.

치호가 아무런 대답도 하지 못하자 알란이 그럴 줄 알았다는 듯 말했다.

"전설의 파편, 누나의 '영광의 기록서'에 언급되어 있는 그 전설의 파편 때문이지."

"전설의 파편?"

"그래, 처음 누나가 전설의 파편을 발견했을 때 그 옆에는 나도 있었으니까. 뭐… 그걸 보고 각자 느끼는 바는 다른 것 같았지만 말이지."

생각지 못한 이야기에 치호는 잠시 혼란스러웠지만, 녀석이 이 이야기를 하는 이유를 알고 있었다.

녀석이 메이와 헤어진 지 오랜 시간이 지났고, 자신과 비등할 만한 실력을 갖추고 있음에도 다음 필드를 향해 나아가지 않은 이유에 관한 본질적인 해답인 것이다.

"그 파편을 찾기 위해 다음 필드로 넘어가지 않았다는 거냐?"

"파편을 찾기 위해? 흐음, 정확하게 말하면 힘을 찾는다고 해야 할까? 파편 중에서도 쓸 만한 파편과 쓸모없는 파편이 있으니까. 때로는 위험한 파편도 있고 말이지."

"그 파편이라는 게 힘?"

치호는 녀석이 말하는 게 정확하게 무엇인지 이해가 되지 않았다. 지금까지 그런 파편을 가졌다는 이야기는커녕 그런 비슷한 힘을 쓰는 녀석도 경험하지 못했기 때문이다.

"파편, 뭐 누군가는 신의 피라고도 불리지. 그 신의 피로 무엇을 얻느냐는 각자가 다르지만 말이야."

"신의 피… 클레이?"

신의 피.

치호의 머릿속에 떠오르는 한 사람, 클레이였다.

클레이 역시도 대진의 말에 따르면 신의 피를 얻기 위한 퀘스트를 진행하고부터 이상해졌다고 하니 지금 눈앞에 있는 알란 역시도 그런 비슷한 힘을 가진 것이다.

"클레이? 아아, 그 멍청이를 말하는 건가? 여신 교단 쪽에서 흘러나온 소문은 들었는데… 나 참, 신의 피를 취하려면 제대로 취해야지, 아무것도 모르면서 욕심만 많으면 그렇게 되는 거라니까."

알란은 그렇게 말하면서도 옆에서 활활 타오르고 있는 검은 불길을 손에 옮겼다. 손 위에서 검게 타오르는 검은 불꽃은 마치 애완동물처럼 온순한 모습으로 녀석의 손바닥 위에서 춤을 추고 있었다.

그런 녀석의 모습에 치호는 미간을 찌푸렸다. 자신의 힘이 다른 녀석에게 굴종하는 모습을 보자 기분이 나빴다. 아니, 기분이 나쁘다기보다 어처구니가 없었다. 그렇게 난폭하게 굴던 검은 불꽃이 녀석의 손바닥 위에서 활활 타오르며 녀석에게 아무런 피해를 입히지 않고 있었기 때문이다.

"애초에 내가 남겨두고 간 거니 쓸모없는 거였을 텐데… 녀석이 멍청하게 흡수한 거지. 그러니 탈이 생기지."

"그럼 신의 피를 위해서 세 번째 필드에서도?"

"이제 이해가 돼? 그렇지 않고서야… 내가 생각하는 계획을 실행할 수 없을 테니까."

"계획?"

메이도 알란에게 계획 어쩌고 하면서 그만두라고 했는데 이 녀석도 또 같은 말을 하고 있다. 그 계획이란 것이 무엇인지 궁금했지만 녀석은 그에 답을 해주지는 않았다.

"뭐… 곧 죽을 녀석이라 이것저것 말해주고 싶지만 보는 눈이 많아서 말이야. 아무튼 시간도 없으니 빨리 마무리 짓자고."

치호는 녀석이 말하는 사이 어느 정도 마력이 차올랐기에 크게 숨을 내쉬며 마음을 다잡았다. 방금 녀석의 움직임으로 보아 어떤 이유로든 녀석의 힘은 더욱 강해졌고, 그에 대항하려면 치호 역시 남겨둔 힘을 모조리 뽑아내 싸워야 할 것 같았기 때문이다.

"그래도 영광인 줄 알아. 내가 신의 피로 얻은 힘을 볼 기회니까. 날 이 정도까지 몰아붙인 것에 대한 보상이라고 해두지. 그리고 이런 순도 높은 힘을 얻게 해준 대가이기도 하고 말이야."

힘을 얻게 해준 대가라는 말이 무슨 뜻인지 알 수 없었으나 곧이어 이어진 녀석의 행동에 치호는 감각적으로 느낄 수 있었다.

알란이 신의 피를 통해 얻은 힘이 무엇인지.

"굴종의 포식!"

알란이 스킬을 외치고 손바닥 위에서 타오르던 검은 불길을 그대로 입에 넣은 것이다. 그러고는 마치 맛을 음미라도 하는 것처럼 그대로 검은 불꽃을 삼켜 버렸다.

일련의 과정을 지켜본 치호는 입술을 깨물 수밖에 없었다. 녀석의 힘 중 하나가 상대의 힘을 그대로 흡수하는 종류인 것 같았기 때문이다.

"크으, 정말 끝내줘. 이런 힘이라니, 어떻게 이런 힘을 손에 넣을 수 있었는지 몰라도 덕분에 난 계획을 앞당길 수 있겠어."

알란은 그렇게 말하고 한 발짝 치호를 향해 걸음을 옮겼다. 그와 동시에 치호는 한 발짝 뒤로 물러났다.

녀석에게 거리를 주지 않기 위해서였다. 이전 전투를 통해 녀석의 사정권을 파악해 두었기에 치호는 교묘하게 녀석과 수 싸움을 하고 있는 것이다.

하지만 녀석이 그런 치호를 보며 조소를 날리며 말했다.

"확실히… 보통은 아니란 말이야? 그런데 그건 방금까지의 이야기고!"

알란은 말을 끝맺음과 동시에 치호에게 튀어나갔고, 치호 역시 스킬을 발동시켰다.

"투사의 발걸음, 세뮬라의 마력검!"

"피메르의 그림자 메이커!"

까강!

"크흡!"

지지직!

단 한 번.

단 한 번의 부딪침이었지만 치호는 몇 걸음이나 물러서야만 했다. 녀석의 힘이 몰라보게 강해졌기 때문이다. 더욱이 움직임은 눈으로는 좇기 힘들고 그저 감각적으로 예측하고 대응해야 하는 수준이었다.

그러니 치호는 불안정한 자세로 연거푸 들어오는 녀석의 공격을 받아내야만 했다. 하지만 그것도 잠시, 점점 치호의 자세가 무너지기 시작했다.

불안정한 자세로 녀석의 공격을 억지로 막아내니 힘을 흘리기 위한 자세가 무너지고 나아가 점점 빈틈을 만들어내기 시작한 것이다.

그런 빈틈을 놓칠 알란이 아니었기에 치호의 몸에는 점점 상처가 늘어나고 굳건히 버티고 있던 다리마저 풀려 자세가 흐트러진 것이다.

치호의 검은 힘은 연신 상처를 치료하기 위해 자율적으로 움직였지만 상처를 치료하는 시간보다 새로운 상처가 나는 게 더 빨랐기에 상황은 더욱 악화되었다.

"좀 더 힘을 내봐! 아까 그런 자신 있던 모습은 어디 갔냐고! 왜 다리에 힘이 풀리나? 벌써? 그럼 죽어야지. 안 그래?"

알란은 치호를 모욕하며 계속해서 공격을 이어갔지만, 안타깝게도 치호는 그런 알란에게 말 한마디 할 수 없었다.

녀석의 공격을 막아내기도 벅찼기 때문이다.

쓰컥!

티잉!

쓰컥!

'제길, 마력이……'

엎친 데 덮친 격으로 치호의 마력 역시 곧 바닥을 보일 것 같았다. 〈드레모의 나태한 강철 군화〉로 회복한 마나 역시 모조리 쏟아 부었지만 녀석과의 전투 시간이 길어지다 보니 마력이 바닥을 보이는 것이다.

치호가 잠시 마력을 생각하는 그 짧은 틈을 타 알란이 치호의 품으로 비집고 파고들었다.

"날 앞에 두고 딴생각을 해?"

푸욱!

"커억!"

치호의 품을 비집고 들어온 알란의 검이 그대로 치호의 심장을 꿰뚫고 들어가 등으로 빠져나왔다.

알란이 치호의 가슴에 검을 꽂아 넣자 치호의 몸이 그대로 무너지기 시작했다. 그런 치호를 알란이 품에 안으며 귓가에 대고 들릴 듯 말 듯 속삭였다.

"아저씨의 이 검은 불꽃은… 내가 신이 되면 잘 쓸게."

치호는 녀석의 뜻 모를 소리 따위는 귀에 들어오지도 않았다. 심장을 꿰뚫는 격통에 정신이 점점 멀어져 가고 녀석을 붙잡은 손에서는 점점 힘이 빠져나가고 있었기 때문이다.

'아, 안 돼!'

치호는 마음의 소리를 내지 못했다. 심장을 꿰뚫고 있던 알란의 검이 거칠게 뽑히며 목소리 대신 피가 목에 가득 찼다.

"쿨럭!"

치호는 피가 가득한 기침을 끝으로 멀어져 가는 의식을 더 이상 붙잡을 수가 없었다. 알란을 붙잡은 손이 힘없이 떨어지고 치호의 눈빛에선 죽음의 대한 원통함이나 알란의 대한 분노 따위는 보이지 않았다.

다만 어딘가 걱정하는 듯한 아련한 눈빛만이 치호의 마지막 모습이었다.

"죽을 때까지도 재미있는 아저씨네."

알란 역시 그런 모습이 마음에 걸리는지 피 묻은 검을 털어내며 툴툴거렸다. 죽을 때 저런 표정을 하는 이는 처음 보았기 때문인지 기분이 찜찜했기 때문이다.

알란은 그런 치호를 뒤로하고 천천히 걸음을 옮겼다. 메이를 처리하고 괴물들이 몰려오기 전에 거점을 빠져나가야 하기 때문이다. 하지만 얼마 지나지 않아 알란은 걸음을 멈추어야만 했다.

투명한 막이 알란의 앞을 가로막고 있었기 때문이다.

"으흠, 그런데 이건 어떻게 해야 없어지는 거야?"

알란은 투명한 막을 톡톡 때려보고 검으로도 내려쳐 보았지만 앞을 가로막은 투명한 막은 도무지 깨질 생각을 하지 않았다.

그런 장애물을 두고 알란이 고심할 때 등 뒤에서 목소리가 들려왔다.

"없애는 방법… 내가 알려줄까?"

순간 알란은 온몸에 소름이 돋는 그 목소리에 재빨리 검을 손에 들고 뒤를 돌아보았다.

그런 알란의 시선 끝에는 이미 죽었어야 할 치호가 우뚝서 있었다. 알란은 그저 멍한 표정으로 치호를 바라봤고, 그런 알란을 향해 치호가 말했다.

"날 죽이면 돼."

알란에게 해답을 주는 치호는 그 어느 때보다도 소름 끼치는 모습이었다. 아니, 그저 치호는 서 있을 뿐인데 알란은 어딘지 모르게 가슴 깊숙한 곳이 떨려오기 시작했다.

알란은 치호를 보고 그저 멍하니 바라보고 있을 수밖에 없었다. 치호가 멀쩡하게 살아서 서 있는 것이 이해가 되지 않았기 때문이다.

하지만 알란의 그런 속사정과는 달리 치호는 그저 주변을 두리번거리기 바빴다.

"흐음, 그나저나 어째서 내가 나온 거지?"

치호는 알 수 없는 소리를 연신 해대기 시작했고, 그런 모습을 보고 있는 알란은 그제야 정신이 드는 듯 검에 손을 올리고 치호를 향해 외쳤다.

"아저씨! 분명히 내가 죽였는데 말이지! 분명히 말이야!"

그런 알란의 목소리에 치호가 멀뚱히 알란을 보며 말했다.

"죽여?"

"어떻게 살아 있는 거지? 분명히 내가 아저씨 심장을 꿰뚫었는데? 손의 감촉도 완벽했다고. 뭐, 특이체질이라 심장이 반대편에 있네 마네 하는 헛소리를 할 거면 집어치우고. 설명 좀 해주지? 난 지금 도저히 이해가 안 가거든?"

알란은 지금의 상황이 도무지 이해가 가지 않았다. 사람의 심장을 꿰뚫는 감촉을 자신이 모를 리 없기 때문이다. 분명 치호의 심장을 자신의 손으로 박살 낸 것이 분명한데 저렇게도 멀쩡히 서 있는 치호가 이상하게만 느껴졌다.

"심장? 아, 아아, 너였구나? 네가 날 불러낸 거였어."

"무슨 소리야? 이유나 어서… 헛!"

씨익!

알란은 말을 끝맺기도 전에 바닥을 굴렀다. 지금껏 보지 못한 속도로 치호가 알란에게 쇄도해 파멸의 조각을 휘둘렀기 때문이다.

"호오, 피해?"

치호는 마치 자신의 공격을 피한 알란이 대견하다는 듯 바닥을 구르고 있는 알란을 향해 묘한 웃음을 지었다.

그런 치호의 모습을 본 알란은 피가 거꾸로 솟는 듯한 느낌이 들었다. 마치 어린애를 바라보듯 치호가 자신을 바라보고 있었기 때문이다.

"아저씨, 뭔가 엄청 건방져졌는데 말이야. 공격이 조금 매서워졌다고 너무 깝치는 거 아니야?"

알란은 갑작스레 변한 치호의 움직임에 신경을 곤두세우

면서도 치호를 도발했다.

하지만 치호는 그런 도발 따위는 신경도 쓰지 않고 그저 무엇인가를 빠르게 확인해 나가고 있는 것 같았다.

"흐음, 스킬… 스킬? 오호, 이런 식이란 건가? 그런데 이상한데? 어째서 이런 식이지?"

알란은 자신은 안중에도 없다는 듯 중얼거리는 치호 때문에 점점 화가 머리끝까지 오르기 시작했다. 그 누구도 자신을 앞에 두고 저런 태도를 보이는 이가 없었기 때문이다.

"아저씨… 참 재미있단 말이야?"

알란은 그간 볼 수 없던 진득한 살기를 다시금 흘리기 시작했고, 치호 역시 그런 살기에 반응하는지 다시금 알란을 향해 시선을 돌렸다.

"아, 아직 있었네? 미안. 이것저것 확인해 볼 게 있어서 말이야. 스킬이란 거, 참 재미있네. 그렇지?"

"개 헛소리하지 말고 죽어! 굴종의 포식, 피메르의 그림자 메이커!"

"호오!"

알란은 스킬로 힘을 끌어올려 단숨에 치호에게 달려들었지만 그저 의미 없는 움직임이 되어버렸다.

치호가 너무 쉽게 알란의 공격을 피해 버렸기 때문이다.

"얘야. 그런데 넌 자꾸 왜 날 공격하는 거야?"

"이런 미친 새끼가!"

"거참, 어린 친구가 입이 험하구만. 하여튼 말세야, 말세. 쯧쯧."

알란은 시간이 지나면 지날수록 혼란스러워지기 시작했다. 치호의 말투가 또 변했기 때문이다. 마치 다른 사람인 것처럼 전혀 다른 말투, 전혀 다른 기세가 느껴졌다.

"미치겠군, 이거."

알란은 연신 치호를 향해 치명적인 공격을 날렸지만, 허공에 칼질하는 것 같은 느낌이 들었다.

치호가 전혀 응대하지 않고 너무 가볍게 자신의 공격을 피하고 있었기 때문이다.

"날 모욕하는 거냐?"

"모욕? 허, 재밌는 헛소리를 하는구나."

"장난치는 거야? 어! 똑바로 하란 말이야! 제길!"

자꾸만 치호의 말투가 변하자 알란은 이제 그가 자신을 가지고 장난을 치고 있다는 느낌이 들었다. 마음 같아서는 그런 치호를 갈가리 찢어 죽이고 싶었지만 어떻게 된 노릇인지 장난을 치고 있는 치호를 도무지 털끝 하나 건드릴 수가 없었다. 그러니 더욱 미칠 노릇이었다.

그때 치호의 입에서 나지막하게 목소리가 흘러나왔다.

"으흠, 이렇게 하면 되는 건가? 투사의 발걸음? 호오!"

치호는 스킬을 사용하면서 신기하다는 듯이 자신의 스킬을 음미하고 있었다.

그런 모습을 보는 알란은 이제 화낼 기력도 없었다. 방금까지 잘 쓰던 스킬을 가지고 저 짓거리를 하는 치호를 보니 어떻게 반응해야 할지 도무지 감이 잡히질 않았다.

"너 뭐야, 대체?"

"응? 나?"

"왜 갑자기 미친 짓이냐고. 그리고… 왜 네 존재감이 잡히지 않는 거지?"

알란은 눈앞에 있는 치호의 존재감이 제대로 잡히지 않았다. 눈앞에 있는데도 어쩐지 치호의 느낌이 흐릿했다.

그런 알란의 물음에 치호가 피식 웃으며 답했다.

"감히 날 판단하려 들어? 건방지구나."

"구, 굴종의 포식!"

그저 치호가 알란의 눈을 마주치고 약간의 살기를 뿌렸을 뿐인데 알란은 저도 모르게 스킬을 발동시켜 방어 태세를 취했다. 자신도 어째서 이런 행동을 하는지 모르게 무의식적으로 나온 행동이었다.

"오호, 내가 잠든 사이에 이런 일이 있었단 말이지? 필드라…… 재미있는 동네야. 그런데 치호 이 멍청이는 대체 뭘 하고 있는 거야? 스킬에 왜 힘을 섞지 않는 거지?"

치호는 혼자 중얼거리며 고개를 갸웃거렸다. 방금 알란을 향해 살기를 뿌린 것은 금세 잊었는지 그저 혼자 중얼거렸다.

그런 모습을 보는 알란으로서는 지금의 이 상황이 너무나 모욕적이었다. 네 번째 필드의 한 주축을 담당하고 있는 짐승의 왕 콴조차도 자신 앞에서는 이런 태도를 보이지 못한다.

한데 한낱 일개 테스터 따위가 자신 앞에서, 신의 피를 취한 자신 앞에서 이런 태도를 보이는 것에 자존심이 상한 것이다.

"어디… 목이 잘리고도 날 무시할 수 있는지 보지. 피메르의 그림자 메이커, 굴종의 포식."

일순 알란의 그림자가 온몸을 감싸기 시작했고, 그 어두운 모습은 그 어느 때보다도 짙게 느껴졌다.

치호와 전투를 치르며 단 한 번도 보여주지 않던 모습이다.

오히려 치호의 〈투사의 발걸음〉이 뿜어내는 검은 불길을 흡수하고 난 뒤 새롭게 얻은 힘이라고 느껴질 만큼 전혀 다른 기세의 알란이었다.

"투사의 발걸음."

그런 알란을 향해 치호는 나지막하게 〈투사의 발걸음〉을 발동시켰고, 치호가 발걸음을 움직이지 않았음에도 치호의 주변에 검은 불길이 일렁이기 시작했다.

검은 불길은 치호의 주변을 맴돌며 치호에게 접근하는 존재는 모조리 태워 버리겠다는 듯 사나운 기세를 뿜고 있었다.

그런 모습을 본 알란은 그저 웃음 지으며 말했다.

"그 검은 불꽃은 이미 내게 굴종한 지 오래야. 그걸 믿고 있다간 또 나한테 죽는다?"

"오호, 그래? 그렇군. 그런데 좀 다를 것 같은데?"

"과연 그럴까?"

알란은 말을 끝마침과 동시에 망설임 없이 치호에게 달려들었다. 자신의 스킬에 대한 믿음과 자신감이 있었기에 망설임 없이 행동할 수 있던 것이다.

하지만 알란의 믿음과 달리 치호의 주변을 감싸고 있는 검은 불길은 알란을 향해 길을 비켜주지 않았다. 오히려 탐욕스럽게 알란을 둘러싸기 시작했다.

"어, 어떻게 말도 안 되는! 상관없어! 다시 흡수하면 그만이야! 굴종의 포식!"

알란은 한 번 자신이 흡수한 힘이 어째서 자신에게 굴종하지 않는지 이해가 되지 않았지만 재차 스킬을 사용해 자신을 둘러싸고 있는 검은 불길을 흡수하기 시작했다.

"후아! 아저씨, 이런 힘, 대체 어디서 난 거야? 어? 힘이 넘치잖아! 이런 힘은 처음이야! 이 힘만 있으면 굳이 내가 계획을 실행시키지 않아도 될 것 같은데?"

알란은 치호의 새로운 검은 불길의 힘을 탐욕스럽게 흡수하는 듯했다. 하지만 그것도 잠시, 치호가 얕게 미소 지으며 알란에게 말했다.

"당연하지. 내 힘을 섞은 불길이니까."

"응?"

"한번 배 터지게 먹어봐. 마음껏."

"어? 자, 잠깐! 기다려!"

순간 알란이 흡수해 기세가 약해진 검은 불길이 마치 휘발유라도 부은 듯 다시 치솟기 시작했고, 알란은 그 기세에 당황했는지 서둘러 스킬을 사용했다.

"구, 굴종의 포식! 굴종의 포식!"

알란은 연신 스킬을 외치기 시작했지만, 치호의 검은 불길은 도무지 통제되지 않았다. 알란이 흡수하는 힘 이상으로 검은 불길이 더욱 거세졌기 때문이다.

"구, 굴종… 커헉!"

알란은 힘을 흡수하는 것도 점점 한계 용량을 넘어섰는지 무릎을 꿇었고, 그런 알란의 얼굴에는 온통 핏줄이 돋아나 있었다.

더욱이 붉게 충혈되어 있는 두 눈은 흡수하는 힘을 제대로 통제하지 하지 못하고 힘 자체가 알란의 몸 내부에서 들끓고 있는 것 같았다.

"끄륵! 말도 안 돼. 어째서… 신의 피가… 쿨럭!"

알란의 주변을 둘러싼 검은 불길은 점점 커져 치호의 〈아보크의 싸움터〉를 가득 메울 만큼 세력을 불리기 시작했고, 반구형 투명 막 안에는 온통 검은 불길만 가득했다.

그런 검은 불길을 가로지르며 치호가 천천히 알란에게 다가가기 시작했다. 치호가 다가오고 있음에도 알란은 그저 치호를 바라보고 있을 수밖에 없었다.

흡수한 검은 불꽃의 힘을 통제하기 위해 온 힘을 쏟고 있기에 손끝 하나 움직일 수 없었기 때문이다.

"어때, 이 힘? 마음에 들어?"

"너, 넌 대체… 뭐… 야?"

"나? 글쎄. 뭘까?"

"쿨럭!"

알란의 물음에 잠시 아련하게 깊은 눈을 하던 치호는 이내 파멸의 조각을 꺼내며 말했다.

"잘 가라. 날 깨우느라 애썼다."

"쿨럭! 끝까지 개소리… 씨팔!"

쓰컥!

치호의 파멸의 조각이 검은 섬광을 남겼을 때 알란의 목에서 검붉은 피 분수가 뿜어져 나왔다.

알란은 자신의 목을 부여잡으며 원통한 표정으로 치호를 바라보았지만 멀어져 가는 의식을 잡을 수 없는 듯 천천히 쓰러지고 말았다.

그와 동시에 떠오르는 메시지.

[아보크의 싸움터가 해제됩니다.]

알란을 처리한 것을 증명이라도 하듯 싸움터가 해제되어 투명 막이 순식간에 사라졌다.

하지만 치호는 투명막이 사라졌음에도 불구하고 검은 불길을 거두지 않았다.

그러고는 주변을 둘러보았다.

"주변에 느껴지는 게 그 괴물들이라는 건가? 한번 직접 보고 싶군. 어떻게 다른 거지?"

알란과의 전투가 끝났음에도 치호의 몸을 차지한 녀석은 치호에게 주도권을 돌려주지 않았다. 그저 자신의 호기심을 채우기 위해 부지런히 몸을 움직였다.

그사이 알란의 시체는 검은 재로 변해 사라지기도 전에 치호의 검은 불길로 인해 그 흔적조차 없어지고 말았다.

밖에서 초조하게 결과를 기다리던 메이는 치호가 빠른 속도로 성벽을 향해 움직이는 것을 보고 애써 참아온 눈물을 펑펑 쏟아내기 시작했다.

제10장

어둠 강림 Ⅰ

이동하면서 눈물을 흘리는 메이를 흘끗 바라본 치호가 고개를 갸웃거렸다.

'쯧, 저 계집애는 어찌 저리 서럽게 우는 거야? 오랜만에 나왔는데 찝찝하게 말이지.'

메이가 서럽게 우는 모습을 보며 혀를 찬 치호가 메이에게서 시선을 돌리고 다시 성벽을 향해 이동하기 시작했다.

기억 속에 있는 괴물이라는 것들을 직접 보고 싶었기 때문이다.

'호오, 그런데 이곳에 원래 이렇게 괴물들이 많던가? 이 녀

석의 기억 속에 이런 적은 없던 것 같은데… 아니지, 신전에
서의 기억과 조금 비슷하려나?'

치호는 방금까지 알란과 치열하게 싸웠음에도 불구하고
성벽에 도착할 때쯤에는 거의 치료가 완료되어 있었다. 상처
를 치료하는 검은 힘은 치호가 운용할 때보다 지금 몸을 차
지한 또 다른 치호가 운용하자 더욱 효율적으로 움직이는
것만 같았다.

게다가 이번에 치호의 몸을 차지한 녀석은 다른 때와는
사뭇 다른 모습이었다.

지금까지 치호의 몸을 차지했던 녀석들은 치호의 안에서
치호가 경험하는 것을 그대로 같이 경험한 듯 모든 것을 공
유한 것처럼 보였지만 이번에는 달랐다.

치호가 겪은 필드에서의 경험은 전혀 공유하지 않은 듯한
모습으로 그저 기억을 되짚어보는데 여념이 없었기 때문이
다.

치호의 몸을 차지한 녀석이 괴물을 내려다보며 한가롭게
기억을 정리하고 있을 때, 괴물을 상대하는 테마탄의 테스터
들은 치열하게 목숨을 걸고 싸우고 있었다.

목숨을 내걸고 싸운다기보다는 오히려 죽음의 축복을 얻
을 수 있는 절호의 기회가 왔다고 생각했는지 그 누구도 물
러서는 사람 하나 없이 몰려드는 괴물을 상대하고 있었다.

하지만 괴물의 수가 워낙 많아서인지 도무지 줄어드는 기색을 보이지 않는 것이 문제라면 문제였다.

"드디어, 죽음의 축복을 얻을 때가 왔다! 물러서지 마라!"

"로펠로 님이 곁에서 함께하신다! 이런 기회를 놓치는 자, 다시는 축복을 얻지 못하리!"

"무엇이 두려운 것이냐! 반드시 지켜내라! 겨우 이따위 괴물들에게 주저앉을 테마탄이 아니다!"

테스터들은 서로가 서로에게 기운을 북돋아주며 전투를 치르고 있었고, 치호는 그런 이들을 멀리서 내려다보며 한숨을 내쉬었다.

"참… 고생한다. 고생해."

치호는 테스터들이 치열하게 싸우는 모습을 보고 그저 한심하다는 듯한 표정이었다. 하지만 저렇게 목숨을 버려가면서 싸울 수 있다는 사실이 부러운 듯한 눈빛이었다.

"나도 옛날에는 저런 적이 있긴 했지. 에휴. 지키고 싶은 게 있었을 때는… 그때는 나도 열심히 살았는데 말이지."

치호는 혼자 중얼거리면서도 고개를 절레절레 흔들 뿐이었다.

마치 과거의 기억이 떠오르려는 것을 애써 막는 것 같은 모습이었다.

고개를 흔들며 애써 기억을 지우면서도 치호는 누군가를

찾는 듯했다.

"그나저나 치호의 동료… 대진? 미소? 이것들은 대체 어디 있는 거야? 이놈들이 죽어버리면 나중에 치호가 난리 피울 지도 모르는데… 참 나. 오랜만에 나와서 치호 녀석 뒤처리 까지 해야 하는 거야? 하여튼 못 미더운 녀석이라니까."

치호의 몸을 차지한 녀석은 괴물들을 보며 그간의 필드의 기억을 어느 정도 정리했는지 대진과 미소를 찾기 시작한 것 이다.

더욱이 그 두 사람을 찾아 보호까지 하려고 하는 걸 보면 치호와 적대적인 관계에 있는 녀석은 아닌 것 같았다.

하지만 그럼에도 녀석은 치호에게 몸의 주도권을 다시 돌 려주지 않는 걸 보면 이상한 녀석임에 틀림없었다.

잠시 전장을 내려다보던 녀석은 이내 대진과 메이를 찾은 듯 몸을 날려 괴물들과 전투가 벌어지고 있는 전장으로 향 했다.

"대진 씨, 괴물들의 숫자가 줄지 않아요! 성이 함락당할지 도 모르겠어요!"

"크흐, 젠장! 악마의 꼬리!"

미소가 대진을 향해 외쳤지만 대진은 그런 미소의 말에 대 답도 할 수 없을 정도로 바쁜 것처럼 보였다.

대진의 〈악마의 꼬리〉로 주변의 땅속에서 수없이 많은 채찍이 올라와 괴물들을 옭아맸지만, 그보다 많은 숫자의 괴물들이 몰려들고 있었다.

"젠장! 끝도 없어. 물러서야 할지도 모르겠는데?"

"하, 하지만 치호 아저씨와 알란의 싸움이 어떻게 됐는지 모르는데… 만약 괴물 때문에 문제라도 생기면 어쩌죠?"

"으… 골치 아픈데. 제길, 아직도 승부가 나지 않은 건가? 마음 같아서는 어서 몸을 빼고 싶은데 대체 상황이 어떻게 흘러가는 거야? 미치겠군."

대진과 미소는 처음 성벽에 도착해 괴물을 상대할 때까지만 해도 적당히 처리하고 치호가 합류하면 몸을 뺄 생각이었다.

그런데 메이와 치호의 소식은 없고 괴물들은 미친 듯이 몰려오니 어떻게 행동해야 할지 상황이 애매해진 것이다.

두 사람이 대화를 나누는 시간도 잠시, 다시금 밀려드는 괴물 때문에 대진과 미소는 스킬을 난사하며 괴물들에게 대항하기 시작했다.

그렇게 치열하게 싸우고 있는 두 사람을 멀리서 치호가 멀뚱히 지켜보고 있었다.

본래의 치호였다면 열 일을 제쳐놓고서 두 사람에게 달려가 도움을 줬을 테지만 지금의 치호는 달랐다. 그저 두 사람을 지켜볼 뿐이었다.

'흠, 도망가지 않는 게 기특하긴 한데… 아까 알란인가 하는 녀석에 비하면 실력이 많이 떨어지네? 대체 치호는 이런 녀석들을 데리고 뭘 하려고 같이 다니는 거야?'

지금의 치호는 본래의 치호를 이해하려고 애썼지만 도통 이해가 되지 않는 것이다.

차라리 알란 같은 녀석을 동료로 맞아들이면 일이 더 편해질 텐데 어설픈 녀석들을 동료로 맞이한 게 불만인 것 같았다.

'내가 잠깐 잠든 사이에 무슨 일이 있었나? 아니면 무슨 생각이라도 있는 건가? 에라, 모르겠다. 복잡한 건 치호가 알아서 하겠지. 난 그냥 죽을 수 있다면 상관없으니까.'

지금 몸을 지배한 녀석이 특이한 녀석임이 틀림없지만 치호의 궁극적인 목표와 녀석의 목표가 같은 것만은 확실했다.

그랬기에 녀석은 빠르게 몸을 날려 대진과 미소 앞에 모습을 드러냈다.

더 이상 대진과 미소에게도 여유가 없을 것처럼 보였기 때문에 툴툴거리면서도 두 사람 앞에 모습을 보인 것이다.

"아저씨!"

"치호, 이긴 거야?"

"당연하지. 그깟 녀석에게 내가 질 리가 없잖아?"

두 사람은 갑작스레 나타난 치호를 반겼지만 의외의 말에 다소 당황한 것 같았다. 평소 치호는 저런 말을 잘 하지 않았기 때문이다. 하지만 대진은 서둘러 치호의 말에 맞받아치며 말했다.

"크흐! 그렇지, 남자라면 그 정도 자신감은 있어야지. 드디어 치호가 남자의 세계로 들어오는구만. 크하하하."

대진은 이런 위급한 상황에서도 어처구니없는 농담을 꺼내는 것 같았다.

치호는 그런 대진을 보고 한숨을 내쉬며 귀찮은 듯 말했다.

"아무튼, 거점 안으로 돌아가. 거기 메이가 있으니까 좀 챙겨주고. 여기는 내가 정리할 테니까."

"어? 그… 그래도 되겠어? 지금 숫자가 장난이 아닌데? 악마의 꼬리!"

"아저씨, 그러지 말고 저희랑 같이 싸워요. 그게 더 안전해요."

두 사람은 말을 하면서도 괴물들의 숨통을 쉴 새 없이 끊어놓았고, 그런 두 사람의 걱정스러운 말과는 달리 치호는 고개를 저을 뿐이었다.

"어서 가. 메이나 돌봐줘. 날 걱정할 수준… 에이씨. 아무튼 빨리 가! 정신 사나우니까."

치호는 무언가 말을 하려다가 멈추고 두 사람을 서둘러 전장 밖으로 인도했다.

괜히 쓸데없는 말을 해서 나중에 치호가 곤란하게 할 필요는 없을 것 같았기 때문이다.

"그럼 치호 너도 빨리 돌아와! 알았지?"

"아저씨, 위험하면 그냥 몸을 빼세요. 괜히 여기서 우리가 희생할 필요는 없으니까요."

두 사람은 걱정스레 치호에게 말했지만 치호는 그런 두 사람의 말을 듣는 둥 마는 둥 했다.

'거참, 말 많네. 그냥 갈 때 가랄 것이지. 에휴. 평소에 어땠으면 저런 것들한테 걱정이나 사는 거야? 하여튼 이해를 못 하겠단 말이야. 쯧.'

치호는 멀어지는 두 사람을 보며 속으로 혀를 찼다. 그리고는 돌아서서 자신에게 달려드는 괴물 하나를 빠르게 베어 버렸다.

크케케켁!

"허어… 쓸데없이 난폭한 놈이네?"

치호는 괴물들을 베어 넘기며 수많은 괴물의 특성을 빠르게 파악하기 시작했다.

일전에 치호가 〈차림의 뿔피리〉를 불며 했던 방법과 비슷했는데 기억만으로는 부족했는지 직접 몸으로 확인하려는 듯한 모습의 치호였다.

그러길 잠시.

한참 동안이나 괴물들을 직접 베어 넘기며 특성을 파악하던 치호는 파멸의 조각을 검집에 다시 집어넣었다.

주변이 괴물들로 그득함에도 파멸의 조각을 집어넣은 것이다.

"후우, 이쯤 하면 대충 파악은 끝났고… 오랜만에 나온 것치고는 너무 금방 들어가는 것 같지만, 치호 녀석이 닦달하는 것도 그렇고… 에휴. 항상 손해만 본다니까?"

치호는 피식 웃으면서도 무언가 집중하는 듯싶었다. 그러기를 잠시, 순식간에 치호의 발밑에서부터 검은 안개가 끼기 시작했다.

〈투사의 발걸음〉으로 불러일으킨 검은 불길과는 다른 검은 안개였다.

이런 검은 안개는 치호가 주로 사용하는 검은 힘과 흡사했는데 마치 그 힘을 넓게 퍼뜨린 것처럼 보였다.

그 안개는 점점 짙어져만 갔고 종래에는 안개라고 볼 수 없을 정도의 농도로 변했을 때 치호가 나지막이 중얼거렸다.

"일단 괴물들은 내가 다 처리해 줄 테니까 뒷수습은 알아서 하라고. 그리고 언제까지 녀석들을 억누르는 데 힘을 다 쓸 거야? 내가 깨어난 이상 의미 없는 일이니까 정신 똑바로 차려."

알 수 없는 말을 중얼거린 치호는 크게 숨을 들이켰다. 그리고 즉시 숨을 멈추고 자신의 주변에 뭉쳐진 검은 안개를 퍼뜨리기 시작했다.

"크흡!"

검은 안개를 퍼뜨리는 것은 치호에게도 부담되었는지 눈이 붉게 충혈되다 못해 피가 흐르기 시작했고 코에서도 붉은 피가 흘러내린 것은 말할 것도 없었다.

"치호… 다음은 없다."

치호의 몸을 차지하고 있는 녀석의 마지막 말을 끝으로 검은 안개는 빠른 속도로 퍼져 나가기 시작했고 테마탄의 성벽 주위로 전투가 벌어지던 전장은 검은 안개로 뒤덮이기 시작했다.

"어? 이… 이게 뭐야?"

"안개가… 검은색이라고?"

"이봐! 누구 이런 스킬 가진 사람 있어? 시야가 가려지고 있잖아! 괴물들이 제대로 안 보인단 말이야!"

테스터들은 치호의 검은 안개가 점점 차오르자 당황하기 시작했다.

괴물들을 상대하는데 검은 안개가 시야를 방해해 제대로 싸울 수 없었기 때문이다.

하지만 점점 차오르는 검은 안개는 점점 농도가 짙어졌고 전장에 혼란은 가득해질 뿐이었다.

하지만 그런 검은 안개 속에서 오로지 로펠로와 12인의 로브인들은 그저 무릎을 꿇고 머리를 땅에 붙였다.

"어둠이시여. 분명 어둠이십니다!"

"저희에게 죽음을!"

로펠로와 12인의 로브인들은 검은 안개 속 치호의 힘을 알아차린 것이다. 치호의 힘 자체가 그들의 생명을 유지하고 있는 근간이기에 누구보다 빨리 안개의 정체를 눈치챈 것이다.

하지만 테마탄의 테스터들은 그런 로펠로의 태도에 당황할 뿐 어떠한 행동도 취하지 못했다. 어둠이니 뭐니 너무나 급작스러웠기 때문이다.

하지만 이내 전장의 분위기는 한 테스터의 외침을 시작으로 급격하게 바뀌기 시작했다.

"저… 저길 봐! 괴물들이!"

키에에엑!

구오오!

키키… 킥!

쿠웅.

끼에엑!

쿠웅.

한 테스터의 외침과 동시에 괴물들이 비명을 지르기 시작했다. 검은 안개에 싸인 괴물들이 고통스러워하다가 하나둘 쓰러지기 시작한 것이다.

그와 동시에 로펠로가 외치기 시작했다.

"어둠이 오셨다! 진정한 어둠께서 우리를 구원하러 오셨도다! 무릎을 꿇고 어둠께 예를 갖추라!"

로펠로의 외침은 전장을 흔들었고 테스터들은 그런 로펠로의 외침을 믿지 않을 수가 없었다.

검은 안개에 싸여 죽어가는 괴물들이 그 증거였으니 말이다.

전장은 일순 로펠로의 갑작스러운 행동에 물이라도 끼얹은 듯 차갑게 식었지만, 테스터들의 가슴은 뜨거운 불이라도 지폈는지 점차 분위기가 달아오르기 시작했다.

검은 안개에 싸여 쓰러진 괴물들은 그대로 숨통이 끊어졌는지 몸이 검은 재에 휩싸이기 시작한 것이다.

쓰러지지 않은 괴물들도 있었는데, 그런 괴물들은 선 채로 몸이 분해되고 있는지 그 상태로 검은 재로 변하기 시작했다.

전장을 둘러싼 검은 안개가 조용히 괴물들의 숨통을 끊어내기 시작한 것이다.

괴물들이 속절없이 쓰러지고 있음에도 불구하고 검은 안개는 테스터들을 털끝 하나 건드리지 않고 오로지 괴물들만 처리해 나가고 있는 것이다.

"어… 어둠이 진짜였단 말이야?"

"진정으로 어둠이란 존재가 있었어… 아무리 로펠로 님의 말씀이라도 반신반의했건만… 크흐."

"용서해 주십시오. 어둠이시여, 불민한 마음을 가지고 있었습니다. 제발 저를 버리지 말아 주십시오."

테스터들은 눈앞에 벌어지는 상황과 로펠로의 행동에 어둠이 진정으로 강림했다고 믿을 수밖에 없었다. 더욱이 로펠로는 믿어도 어둠이란 존재에 관해 믿지 않았던 이들은 자신의 죄를 용서해 달라며 무기를 버리고 이마를 땅에 붙이기 시작했다.

쿠웅.

키… 케켁.

그런 와중에도 괴물들은 재가 되어 흩날리고 있었고, 전장은 언제 전투가 벌어졌는지 모를 정도의 고요에 휩싸였다.

그저 어둠을 부르짖는 목소리만이 전장을 흔들 뿐이었다.

시간이 얼마나 흘렀는지 사위를 뒤덮은 검은 안개는 점점 흩어지기 시작했고 테마탄의 길고 길었던 밤은 물러가고 새로운 태양이 떠오르고 있었다.

"후욱… 후욱."

치호는 거친 숨을 몰아쉬며 부들부들 떨리는 다리를 애써 부여잡은 후 힘겹게 몸을 바로 세웠다.

예상치 못하게 힘을 너무 많이 사용한 듯 몰골이 말이 아니었다.

평소의 치호라면 아무리 힘을 많이 써도 금세 호흡이 돌아와 회복했겠지만 지금은 달랐다.

눈과 코에서는 피가 멈출 줄 몰랐고, 거친 호흡과 함께 동반되는 기침에는 피까지 섞여 있었다.

"제길… 이건 녀석이 나오면 곤란한데… 쿨럭."

치호는 알란에게 찔린 심장 부근을 손으로 만져보며 인상을 구겼다.

심장 부근은 제대로 치료가 되지 않았는지 아직도 알란의 검이 파고든 자국이 역력했기 때문이다.

더욱이 치호의 몸을 차지했던 녀석이 힘을 과하게 사용했는지 멀어져 가는 정신을 붙잡을 수 없을 것만 같았다.

그럼에도 치호는 멀어져 가는 정신을 간신히 붙잡으며 주변을 살폈다.

전장에 어울리지 않게 주변이 너무나 고요했기 때문이었다.

주변을 둘러보자 테마탄의 테스터들은 모두 바닥에 이마

를 붙이고 있었고 그 주변으로 괴물의 사체가 검은 재로 변해 흩날리고 있었다.

전장에서 서 있는 유일한 사람이 치호인 것이다.

이 묘한 광경에 상황 파악이 제대로 되지 않았지만 로펠로가 갑작스레 일어서며 외쳤다.

"어둠이시다! 경배하라!"

로펠로의 그 외침에 엎드린 테스터들은 마치 약속이라도 한 듯이 한목소리로 외쳤다.

"어둠을 뵙습니다! 죽음의 축복을!"

한목소리로 외치는 테스터들의 목소리에서는 그 어느 때보다 뜨거운 열망이 느껴졌다.

더욱이 막 떠오르는 태양이 치호의 등 뒤로 후광을 만들어내기까지 하니 그런 치호의 모습을 보고 눈물까지 흘리는 자가 속출하기 시작했다.

하지만 치호는 이 상황이 마음에 들지 않는지 인상을 줍혔다.

"이거… 쿨럭. 일이 꼬이는데 망할 자식, 일부러……."

치호는 무슨 말인가를 하려고 했지만, 그 말을 끝마칠 수 없었다. 멀어져 가는 정신을 더 이상 붙잡을 수 없었기 때문이다.

"어… 어둠이시여! 포… 포션을 가져와라! 어서!"

치호는 실 끊어진 인형처럼 그대로 힘없이 쓰러져 버렸다. 희미해져 가는 시야로 로펠로의 다급한 표정이 보였지만 치호는 무거운 눈꺼풀을 도저히 들어 올릴 수가 없었다.

『불사의 테스터』 8권에 계속…

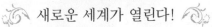

초대형 24시 만화방

신간 100%, 샤워실, 흡연실, 수면실(침대석), 커플석, 세탁기 완비

■ 시흥 정왕25시점 ■

경기 시흥시 정왕동 1742-13 미스터피자 건물 5층
031) 319-5629

■ 강북 노원역점 ■

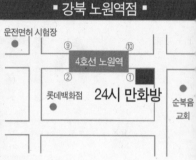

서울 노원구 상계동 340-6 노원역 1번 출구 앞 3층
02) 951-8324 (화용빌딩 3층)

■ 일산 정발산역점 ■

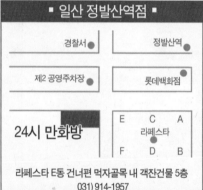

라페스타 E동 건너편 먹자골목 내 객잔건물 5층
031) 914-1957

■ 일산 화정역점 ■

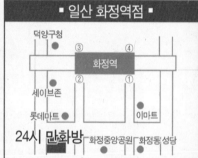

경기도 고양시 덕양구 화정동 984번지 서일빌딩 7층
031) 979-4874 (서일사우나 건물 7층)

■ 부천 역곡역점 ■

역곡남부역 기업은행 건물 3층
032) 665-5525

■ 부평역점 ■

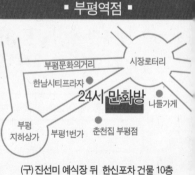

(구) 진선미 예식장 뒤 한신포차 건물 10층
032) 522-2871

FUSION FANTASTIC STORY

GRAND SLAM

자미소 장편소설

그랜드슬램

2016년의 대미를 장식할 최고의 스포츠 소설!!

Career record : 984W 26L
Career titles : 95
Highest ranking : No.1(387weeks)
Grand Slam Singles results : 23W
Paralympic medal record : Singles Gold(2012, 2016)

약 십 년여를 세계 최고로 군림한 천재 테니스 선수.
경기 내내 그의 몸을 지탱하고 있는 것은…… 휠체어였다.

『그랜드슬램』

휠체어 테니스계의 신, 이영석(32).
그는 정상의 자리에서도 끝없는 갈망에 사로잡혀 있었다.

"걷고 싶다, 뛰고 싶다. …날고 싶다!!"

**뛸 수 없던 천재 테니스 선수
그에게, 날개가 달렸다!!!**

Book Publishing CHUNGEORAM

유행이 아닌 자유추구 -
WWW.chungeoram.com

GAME BALL

게임볼 설경구 장편 소설
FUSION FANTASTIC STORY

무명의 야구인이었던 남자,
우진이 펼치는 야구 감독으로서의 화려한 일대기!

『게임볼』

"이 멤버로 우승을 시키라고?"

가상 야구 게임,
게임볼을 통해 인생 역전을 꿈꾸는

한 남자의 뜨거운 행보에 주목하라!

Book Publishing CHUNGEORAM

유행이 아닌 자유추구 -
WWW.chungeoram.com

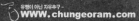

전생부터 다시

FUSION FANTASTIC STORY

홍성은 장편소설

죽음으로 모든 걸 끝내고 싶지 않아
인간으로 환생하게 된 대마법사, 로렌 하트.

그러나 알 수 없는 괴물의 등장으로 인해 인류가 멸망해 버리고
홀로 살아남은 그는
고독과 외로움에 다시 한 번 더 환생을 결심하는데……

하지만 현생을 반복하는 것만으로는 의미가 없다.
시간을 되돌려 대마법사가 되기 전의 시절로 되돌아갈 것이다!

대마법사 로렌 하트, 전생부터 다시 시작한다!

Book Publishing CHUNGEORAM

유행이 아닌 자유추구 -
WWW.chungeoram.com